最深情的生活，就是把生活过成诗。

静处闲看集

林屯雄 ◎ 著

九州出版社
JIUZHOUPRESS

图书在版编目（CIP）数据

静处闲看集 / 林电雄著. —北京：九州出版社，
2022.1

ISBN 978-7-5108-7646-2

Ⅰ.①静… Ⅱ.①林… Ⅲ.①诗集—中国—当代
Ⅳ.①I227

中国版本图书馆CIP数据核字（2021）第214760号

静处闲看集

作　　者	林电雄　著	
责任编辑	刘　嘉	
封面设计	中尚图	
插　　图	柯秀玲	
出版发行	九州出版社	
地　　址	北京市西城区阜外大街甲35号（100037）	
发行电话	（010）68992190/3/5/6	
网　　址	www.jiuzhoupress.com	
印　　刷	天宇万达印刷有限公司	
开　　本	710毫米×1000毫米　16开	
印　　张	19	
字　　数	211千字	
版　　次	2022年1月第1版	
印　　次	2022年1月第1次印刷	
书　　号	ISBN 978-7-5108-7646-2	
定　　价	79.00元	

林电雄 >>>

　　1955 年出生，广东揭西人，中山大学中文系毕业（自学考试），中国政法大学法学硕士。历任深圳市公安局处长、支队长，宝安区公安分局局长，盐田区委常委、政法委书记、公安分局局长。退休后任盐田区关工委主任至今。已出版作品《平林未尽词》《证券和期货交易法律问题研究》。

你是谁？

你从哪里来？

你将到哪里去？

这三个问题是哲学对人类灵魂的终极拷问。

我们在偌大的世界和茫茫人海中，寻找自己人生的意义。

身边有太多的人对你说，努力就会有收获，没有成功便是努力还不够。却没有一个人说过，即使普普通通、平平凡凡，只要你已经付出了足够的努力，体现出自己的价值，就可以是一个很棒的人。

2020 年，新冠肺炎作为一个新词汇席卷全球，家喻户晓，并颠覆了我们的日常生活。

诗人穆旦在《冥想》中写道："为什么万物之灵的我们，遭遇还比不上一棵小树？今天你摇摇它，优越地微笑，明天就化为根下的泥土。为什么由手写出的这些字，竟比这只手更长久、健壮？它们会把腐烂的手抛开，而默默生存在一张破纸上。"

时至今日，我们仍然未能把握人生方向。无论我们多么固执地渴求着对称和永恒，时间总是在不断制造着世间种种的不对称、不可逆，以及死亡。

人生晚年恰似秋。

古今中外有很多名人都赞赏这人生之秋。梁实秋曾说：人的一生，最值得赞美的时代，是老年时代。因为老年时代是思想最成熟的时代。他举孔子为例证：孔子说他七十岁才能"从心所欲，不逾矩"。

到了老年，人生才真正步入了更高的境界，对生命有了更深的感悟。正如诗人在其中一首诗中所说的，人生晚年的每一天，不是最后一天，而是"往后余生第一天"。这代表了诗人晚年积极向上的人生态度。

距离终点越来越近，有些事情由不得你不思考。譬如，生命终结，你这一生还剩下什么？

诗人选择了诗。希望能以诗之力量，呈现给世界源源不断的生命之爱，抒发饱满的、热烈的赤子情怀。

全书按作品体裁和内容分为 8 章，分别收录绝句 74 首、律诗 57 首、小令 17 首、自由诗 34 首，共计 182 首。诗集的插图是诗人的一位亲友——深圳育才中学 67 岁的退休教师柯秀玲女士提供的。

诗叟有童心。虽然年岁已经大了，但疏狂的本性还没有消失，还是那么随性。就像诗人在《加勒比海·传奇》中写的："不怕年近古稀的衰老。希望能够一眼看千年啊，览尽无限风光和奇珍异宝。一年三百六十日，我希望每天都有新奇的事物来环绕。周游于天地大自然之间，我喜欢神经质地吹着自由的口哨。"

最深情的生活，就是把生活过成诗。不用太在乎诗歌在社会中所处的位置，而应该在乎它在你心里所处的位置。若它对你很重要，那它在你心目中就是晚年世界的中心。

人生不一定要多伟大才算活着，不一定多完美才算圆满。我们把握不了人生的起点和终点，但我们可以把握这一生沿途的风景，自己的喜好，艰难的岁月，幸福的时刻，亲友的挚爱，怀揣的梦想……这样便可令平淡的日子过得有滋有味。

本书"闲评"作者：宗莹

静听闲音集

目录

第一章

小令秋芸

小令是词调体式，是古诗词体裁之一。它是指篇幅短小的词。通常以五十八字以内的短词为小令，如"十六字令""如梦令"等，但也并不绝对。在古诗词中，利用较短篇的词调，当作小令的，讲究的是造句凝练，言有尽而意无穷，都是希望能以短小精练的语言，较深刻地表达内心世界和特定意境的效果。

　　秋芸，芳香书卷。代表小令虽然经历了几千年，仍持续的、永久的深受芸芸众生的喜爱。

第一节　神州小令

苍梧谣·山

山！

扶杖攀登意志坚。

梧桐①秀，

耆者②乐无边。

——2017 年 12 月，梧桐山上

注释：

①梧桐：梧桐山。

②耆者：老年人。

【闲评】

诗人巧妙利用该词牌有"苍苍梧桐"之意，以简短的小令，较为精炼的文字，表达了一个老年人每天早上都迎着红日，扶杖晨练，奋力攀登，积极向上的人生态度。

如梦令·望前路

常忆纳兰^①迫暮

三十^②已无归路。

今日喜乘舟，^③

国盛多盈和处。

齐渡、齐渡，

看那夕阳鸥鹭。

——2018 年春，深圳

注释：

①纳兰：纳兰性德，清代著名诗人。

②三十：纳兰性德去世时才 30 岁。

③此句是转折句，指时代不同，人的心境和各种条件也不同，而新时代的人更应该同舟共济。

【闲评】

此小令是步李清照《如梦令·常记溪亭日暮》之韵而作。李诗原文为："常记溪亭日暮，沉醉不知归路，兴尽晚回舟，误入藕花深处。争渡、争渡，惊起一滩鸥鹭。"写的是溪亭醉酒，迷失方向，寻求出路。

诗人虽步其韵，但意境却截然不同。不但简述了清代才子纳兰性德年方三十逝世的悲凉境况已成过去，而且借此抒发了新时代的人们为了国家的强盛，同舟共济，和谐发展，哪怕是年近古稀的老年人，也智慧宽容，学那鸥鹭，努力奋进，不甘落后的精神风貌。

定风波·观秦兵马俑感想

勇灭六国鬼见愁，

始称皇帝废诸侯。

重典①方兴文字狱，

狮吼，

国朝万代与千秋。

神算人生无遗漏，

知否，

坑灰②未冷已生忧。

刘项兵临咸阳口，

发抖，

只因民怨浪翻舟。

——2018 年 3 月 31 日，西安

注释：

①重典：严酷的刑律。

②坑灰：指秦始皇时期的焚书坑儒事件。焚书坑儒的灰烬还没冷却，山东群雄已揭竿起义，起义军领袖刘邦和项羽，原来都不读书！

秦始皇统一了中国，推动了经济、文化的发展，是做出了巨大历史贡献的。但他又是一个暴君，给人民带来深重的苦难，受到后人谴责。《史记》载：秦始皇十三岁即位，责令丞相李斯依惯例开始主持规划、设计、营建陵园，大将章邯监工。秦始皇成年后扩大了营建规模，直到其死后两年才由其子秦二世草草完工，修筑时间达三十九年之久。秦始皇残暴不仁，焚书坑儒，大建阿房宫、长城、骊山墓等，导致民怨沸腾，为秦朝灭亡埋下了种子。

江城子·交响乐

夜来老汉携儿孙，

听音乐，享天伦。

交响乐章，

旋律慰灵魂。

要问名曲何出处？

俄捷客，两仙尊①。

归家回味细重温，

绕梁音，净乾坤。

利禄功名，

三代定无存。

唯有音曲灵性在，

无国界，万年春。

——2018 年 4 月 13 日，深圳

注释：

①两仙尊：俄国和捷克斯洛伐克的两位交响乐大师。

音乐就像是千年积雪化成的冰水，干净无暇，纯洁无比，聆听音乐就仿佛沐浴在这纯净的冰水之中，可以让人们的心灵得到净化，精神得到陶冶升华。雅正和谐的声音对教化人心有莫大的功效。当人忘我地融入音乐中时，仿佛身处仙境一样，自身也变得完美，境界在不知不觉中得到提升。音乐是一种世界性的语言，是无国界且跨越时空的，即使被历史风化在了虚空中，却始终荡漾不散，成为永恒的天籁。

浪淘沙·取经曲

初夏雨蒙蒙，

宝港青葱。

交流经验诉情衷。

呵护幼苗齐努力，

不老青松。

千里驾东风，

跨越时空。

真经取得喜心中。

期盼中华多俊杰，

深圳乡翁①。

——2018 年 5 月 25 日，张家港市

注释：

①乡翁：诗人谦虚地称自己是乡下人。

【闲评】

诗人有幸和很多老同志一起，到张家港市交流学习协助教育青少年的经验，得益良多。精神文明建设是无边界的，是跨越时空的。在不断吸收营养中，老年人有所作为，心境越来越年轻。

满庭芳·大潮起珠江

珠江潮起，

陈规涤尽，

摸着石头探寻。

中华民族，

豪情冠古今。

开放改革前进，

主旋律，狮吼声音。

齐发力，慕华成志，

血热汗滴襟。

艰难何足惧，

南粤大地，

万众一心。

追纽伦^①，鹏城点石成金。

国际都城崛起，

自立于、民族之林。

你看那，深湾^②前海^③，

新世界中心。

——2018 年 12 月 16 日，深圳

注释：

①纽伦：纽约和伦敦。

②深湾：深圳湾。

③前海：中国在深圳市设立的自贸区。

【闲评】

"大潮起珠江"是庆祝广东改革开放 40 周年的大型展览活动。活动通过 3234 件照片、实物、视频等资料，全面、生动和立体地展现广东改革开放 40 年的壮阔历程和辉煌成就。40 年，开天辟地、敢为人先的首创精神，改变了深圳和中国，影响了世界。在新的征程中，这种精神将继续引领中华民族书写新篇，再立新功，走向更加辉煌的未来。

忆仙姿·不朽的胡杨林

逝去千年不坏，

天地称它提孩。

问汝何姓名？

统领黄沙老帅。

怪树？树怪？

古代胡杨异彩。

——2019 年 10 月 5 日，

内蒙古额济纳旗胡杨林

【闲评】

胡杨又称胡桐、异叶胡杨、异叶杨、水桐、三叶树，一般生长在沙漠中，具有惊人的抗旱、御风沙、耐盐碱的能力，有很强的生命力，能顽强地于沙漠之中生存繁衍，因而被人们赞誉为"沙漠英雄树"，可以和有"植物活化石"之称的银杏树相媲美。它以苍龙腾越、虬蟠狂舞、千姿百态的风姿，倔强的性格，多舛的命运激发人类无尽的诗情与哲思。古往今来，胡杨已成为一种精神而为人们所膜拜……

渔家傲·全民抗疫

秋去冬来霜雪猛，

疾风遍野病毒逞。

武汉极寒湖北冷，

湖北冷，

神州到处疫情盛。

一展红旗天地正，

军民合力忠心耿。

医护基层齐救拯，

齐救拯，

斩妖除怪得全胜。

——2020 年 2 月 18 日，深圳

【闲评】

诗人以诗歌的形式，展现了全国人民在党的领导下，团结一致，抗击新冠病毒，并取得伟大胜利，在国际上独树一帜的历史事实。

西江月·心动

巴马①犹如陈酿，

宜居长寿名扬。

酒香不怕巷子深，

小镇欢声响亮。

东北西南游遍，

青春无悔吉祥。

盘阳河②上养颐年③，

老汉春心荡漾。

——2020 年冬，深圳

注释：

①巴马：全国远近闻名的长寿村，位于广西瑶族自治县。

②盘阳河：盘阳河是巴马的母亲河。

③颐年：保养身体，安度晚年。

【闲评】

据介绍，由于地理位置优越，巴马的地磁、空气、阳光、水、食物等，均富特色。而盘阳河是巴马的母亲河，源于凤山县桥音乡，流经凤山水源洞，穿行于巴马县甲篆乡境内的百魔洞、百鸟岩，最后注入赐福湖。盘阳河景色优美，一路逶迤而来，河水碧绿，环境自然美丽。

　　诗人曾游至此地，参观了很多景点，拜访了多名百岁以上的老人，并与他们交谈甚欢，合影留念。他为发现这个养老胜地而激动，心中充满期待，希望有一天自己也可以到此地长住养老，安度晚年。

第二节　异域小令

十拍子·长滩岛

十里长滩倩影，

清风沙白无尘。

靓女婀娜纯净美，

酷少青春雄壮真。

眼前五彩纷。

小岛修长狭窄，

泥薄椰树浮根。

茉莉珊瑚常翘首，

日夜遐思智慧神。

终来带路人①。

——2018 年 3 月 7 日，菲律宾长滩岛

注释：

　　①带路人：在众多的交集和比较中，中国提出的"一带一路"得到了世界众多国家的认同。

　　长滩岛是菲律宾中部的一座岛屿，属于西米沙鄢群岛，是菲律宾的旅游胜地之一，亦是"世界七大美丽沙滩"之一，因独特的细腻如面粉的白沙而知名，被誉为"世界上最细的沙滩"。雪白的沙滩、碧蓝的海水、和煦的阳光使长滩岛成为著名的度假胜地，度假村和酒吧星罗棋布，来自世界各地的游人在海滩消磨掉一个又一个漫漫长日。云淡风轻，更能牵动人的情思。

鹊踏枝·西班牙国话今昔

船队飞鸣云水吼。

拉美诸邦,

永属吾王有。

五百年前无对手,

府都设到南极口。①

自古国衰民似狗。

正义公平,

本不分贫丑。

清扫邪魔同用帚,

布斯①灵肉一齐臭。

——2018 年 8 月 10 日,

西班牙马德里普拉多博物馆

注释:

①除巴西外,当时整个中南美洲基本都是西班牙的殖民地,连靠近南极圈的阿根廷最南端都设有都府。

②布斯:指 1556 年至 1700 年间统治西班牙的哈布斯堡王朝。这里指没有公平正义的统治者。

【闲评】

　　由一个王朝的起伏，感知欧洲大陆千年兴衰。西班牙在大航海时代扮演着重要角色，其在欧洲、美洲、亚洲和非洲建立了大量殖民地，在15世纪中期至16世纪末，成为文艺复兴时期欧洲最强大的国家和影响世界的日不落帝国。极盛时期的西班牙帝国国土面积达3150万平方公里，称霸欧洲达半世纪之久。1588年，西班牙的"无敌舰队"被英国击溃，丧失了海上强国的霸主地位，逐渐走向衰落。

第一章　小令秋芸

渔家傲·游科苏梅尔

尤卡①东边多亮点，

科苏梅尔②银光闪。

海盗来了谁勇敢？

谁勇敢，

万千游客一身胆。

印第安人存梦幻，

古都遗址千秋叹。

玛雅文明③堪点赞，

堪点赞，

管中窥豹全国览。

——2019 年 2 月 9 日，墨西哥图鲁姆

注释：

①尤卡：墨西哥东南的尤卡坦半岛，紧邻科苏梅尔岛。

②科苏梅尔：加勒比海岛屿，属墨西哥金塔纳罗奥地区。

③玛雅文明：科苏梅尔小镇上存有玛雅文明遗址。玛雅文明，是分布于现今墨西哥东南部、危地马拉、洪都拉斯、萨尔瓦多和伯利兹等国的丛林文明。虽然处于新石器时代，却在天文学、数学、农业、艺术及文字等方面都有极高成就。

科苏梅尔岛位于墨西哥湾与加勒比海的交界处，海滩优良，适合潜水。这里曾是玛雅人的圣地，岛上遗有玛雅古迹 40 余处，是参观玛雅文明的必来之地。世界最古老的文明之一的文化遗迹完整地保存在这里，留给后人无数未解的千古之谜。

第一章　小令秋芸

江月令·马其顿

国小周山环绕，

斯科①馆殿墙高。

几多塑像立街头，

神秘湖桥独好。

灰虎②张牙舞爪，

黑熊③上蹿下跳。

国贫百姓少安福，

初夏祈求祥兆。

——2019 年 5 月 28 日，

马其顿共和国斯科普里

注释：

①斯科：斯科普里，是北马其顿共和国首都，也是该国最大的都市。景点主要就是雕塑以及一些清真寺，其中最有气势、名气最大的非亚历山大大帝雕像莫属，位于广场正中央。

②③灰虎、黑熊：指各种分裂势力。

【闲评】

马其顿共和国是一个无法正常使用自己名字的国家。现代马其顿共和国是一个斯拉夫国家，也是前南斯拉夫六国中的一员，北马其顿原属南斯拉夫联邦人民共和国塞尔维亚。1945 年，马其顿人民共和国建立，后更名马其顿社会主义共和国，隶属于南斯拉夫社会主义联邦共和国。1991 年，南斯拉夫解体，马其顿社会主义共和国独立，改称"马其顿共和国"。北马其顿的经济深受前南危机影响，后又因国内安全形势恶化再遭重创，该地至今仍是欧洲最贫穷的国家之一。由于在"马其顿"一名的使用上与邻邦希腊长期存在争议，2019 年 2 月 12 日起，其国号改为"北马其顿共和国"。

鹊踏枝·无言

欢乐之城①应似虎。

动乱纷繁，

百姓何其苦。

撕裂前朝挥刀斧，

尝喝颜色②"芳香乳"。

贵族之梦难自诩。

百姓平民，

才是生身母。

大道从来源始祖，

如今摆案崇东土③。

——2019年5月31日，

罗马尼亚布加勒斯特

注释：

①欢乐之城：罗马尼亚首都布加勒斯特的别称。

②颜色：颜色革命。

③东土：指中国。

　　1944年，在罗马尼亚共产党的领导下，罗马尼亚人民在布加勒斯特发动了反法西斯武装起义；1947年成立罗马尼亚人民共和国；1949年与中国建交，一直保持着友好关系。布加勒斯特是罗马尼亚第一大城市，市区12个湖泊一个连着一个，宛如一串珠光闪闪的项链，把布加勒斯特装扮得分外艳丽。城市北郊有著名的伯尼亚萨森林，市内用草坪、玫瑰花、月季花组成的色彩缤纷的花坛随处可见，花开的季节，芳香四溢；还有众多的图书馆、歌舞剧院、博物馆等，有"花园城"之称。罗马尼亚人口味比较重，喜焦香、浓郁，喜吃用奶油做的菜。但自从"颜色革命"之后，人民的生活条件越来越差，动乱频繁，大众都在反思原因。他们当中大部分人都十分怀念原来的安定生活，希望能像中国人民一样，过上幸福快乐的日子。

第一章　小令秋芸

渔歌子·出海游

出海小船驱细雨，

千湾百岛花盈绿。

万顷波涛颜似玉，

颜似玉，

儿孙老者天涯聚。

中海①爱琴②行继续，

太阳直照龙宫③煦。

看见豚踪追上去，

追上去，

云天浪里真情趣。

——2019 年 8 月 4 日，游地中海
与爱琴海交界处的众多海湾

注释：

①中海：地中海。

②爱琴：爱琴海。

③龙宫：大海中央。

【闲评】

春夏是爱琴海最美丽的时候。在阳光的照射下，海水呈现出一种晶莹剔透的颜色，清澈中泛着灿灿金色，到了夕阳西下的时分，海水就会变成绛紫色，好像杯中的葡萄酒。此时，游客穿着泳衣徜徉在海洋里，任晶莹剔透的海水拍打着脚踝，海风吹着岸边的橄榄树，海滩上的人们安详地享受着来自天堂的静谧，是一件妙不可言之事。全诗洋溢着一种享受亲人团聚，热爱阳光，追求和平，向往美好未来的纯真情绪。

百尺楼·双塔赞
——游缅甸曼德勒市翡翠塔和固都陶佛塔

翡翠玉之王①，

闪耀金光亮。

一万余吨信众捐，

相见缘分广。

固都塔②无双，

碑石刻三藏③。

万道威光照宇间，

心似清风样。

——2019 年 11 月 15 日，缅甸

注释：

①翡翠玉之王：缅甸盛产翡翠。缅甸人修建了一座举世最贵的佛塔，耗费了 15 000 吨翡翠石料，成为全球唯一一座完全由翡翠石搭建的佛塔。

②固都塔：固都陶佛塔，全名玛哈罗迦玛若盛佛塔。佛塔于 1857 年修建完成，当时召集了全缅甸和东南亚共计 2400 余名高僧，召开了第五次修订佛经结集大会，最后将结集的《三藏经》等刻在 729 方云石碑上。这些石碑被誉为"世界上最伟大的书"，其规模之大在佛教界无

出其右者。

③三藏：《三藏经》。佛陀示寂后，佛陀的众弟子将佛陀一生所说的教法结集成一部经书，按内容分为律藏、论藏、经藏，总称《一切经》《三藏经》或《大藏经》。

【闲评】

缅甸有"千寺之国""佛教之国"之称，随处都可看到寺庙，而且当地人拜佛都很虔诚，以赤脚行走表达对佛的尊敬，以金箔为佛加身。在过去积贫积弱之际，缅甸依然举全国之力兴建佛塔，只有一个原因——在缅甸，从国王到民众都坚信：我佛慈悲，护佑众生。

相见欢·乌本桥

乌桥①千米柚菁②,

爱之亭③,

万客穿梭携手,

顺风行。

齐步走,

连称妙,

笑盈盈,

低诉异国心语,勿多情。

——2019 年 11 月 16 日,缅甸曼德勒

注释:

①乌桥:乌本桥,又名"爱情桥",全长 1200 米,是世界上最古老和最长的柚木桥。

②柚菁:桥墩、桥梁、铺桥的木板都是以珍贵的柚木为原料。

③爱之亭:桥头、桥中和桥尾共有 6 座亭子,供行人休息和青年人谈情说爱,也体现了佛教的六合精神。

【闲评】

乌本桥在缅甸有"爱情桥"的美誉,当地流传着这样一句话:"不知道有多少人因为一座桥,来到曼德勒。"在曼德勒,游人不是在乌本桥上,就是在去往乌本桥的路上。

第二章

绝句逢春

七绝，属于对格律要求比较严格的诗。首先是篇幅固定，全诗四句，每句七字，总共二十八字；其次是押韵严格，表现为通常只押平声韵，且不能出韵，还要讲究平仄，即要求符合平仄律，在一般情况下，以两个音节（两个字）为一个音步，平仄交互安排。

　　若干年来，绝句诗由于篇幅短小、语句精炼含蓄，可以有弦外之音；又由于它讲究声律，故抑扬顿挫、朗朗上口，宜于低吟高诵，被认为是表达心情、歌颂生活的绝佳形式，深受广大人民群众的喜爱，是诗歌各种体式中最为大众喜闻乐见的样式之一。

第一节　盛世百花开

七绝·吊钟花①开

一山秾艳露凝香，斩棘披荆哪断肠。

若问如今谁得似，中华儿女舞新装。

——2018 年 3 月 4 日，梧桐公园赏花

注释：

①吊钟花：别名铃儿花、灯笼花、吊钟海棠，春天开花。

【闲评】

  该诗仿唐代诗人李白（清平调其二）之意而作。李白诗原文："一枝红艳露凝香，云雨巫山枉断肠。借问汉宫谁得似，可怜飞燕倚新妆。"极力称颂一枝冠压群芳，而此诗称颂的是新时代中华儿女个个犹如漫山春花，各显青春才华。

七绝·仙湖赏花

万紫千红仙谷①中，轻声健步探春风。

百花开放花神美，小鸟称奇碧水红②。

————2019 年 3 月 27 日，深圳仙湖植物园

注释：

①仙谷：仙湖植物园。该园位于深圳市罗湖区，东倚深圳第一高峰梧桐山，西临深圳水库，占地 8800 多亩，始建于 1982 年，1988 年正式对外开放，是一集科研、科普、旅游为一体的风景区。园内建筑风格为古典园林式，林茂木秀，倚梧桐之雄伟，借水库之秀丽，空气清新，环境优雅，有"世外桃源"之美称。此次花展是提出粤港澳大湾区规划后的第一届花展。

②碧水红：大量的鲜红花朵倒映在湖里，湖水红成一片。

【闲评】

2019 年春，这是深圳首次举办的综合性国际花展，展会分 5 个国际花园、12 个精品园，共展出 1100 多个新优花卉品种。深圳于 2017 年启动"世界著名花城"3 年行动计划，2019 年是实现该计划的冲刺之年。这次活动也是深圳向"世界著名花城"目标迈进、用"花语"向世界传递"深圳声音"的重要举措。

七绝·牵牛花^①三首

（一）

牵牛花朵像茶瓯，笑看红尘喜与愁。

情侣天天来聚会，轻柔拂面我低头。

（二）

牵牛花朵像喇叭，吹起喇叭滴滴答。

恋曲清风人自醉，情郎爱我我亲他。

（三）

牵牛花朵像花仙，身倚墙篱藤漫天。

不怕古稀途坎坷，陪君坚韧度余年。

——2019 年 7 月 10 日，梧桐山赏花

注释：

①牵牛花：牵牛花枝藤漫卷，攀爬的力度很强。它长着心形的叶子，开着喇叭形的花，花色有紫、粉、白，还有几种颜色夹在一起的，真是五颜六色。在深圳，这种花随处可见，花期很长，远看就像是一堵堵花墙。

【闲评】

诗人喜爱牵牛花，因它平凡、坚韧、美丽，纵使暴雨想将它从树干上冲落，狂风想将它折断，它却无所畏惧，用那细软的藤紧紧缠绕在树干上，把根深深地扎进泥土里。如此，它迎风斗雨，终于开出鲜艳的花。能与这样的花相伴，慢慢变老，也是一件非常美好的事情。

七绝·莲花山观花二首

（一）

百米山高胜险峰，万人登顶汇成龙。

鹏城到处平安美，含韵莲花笑老翁。

（二）

开放莲花向太阳，千村万户浴金光。

鹏城民众观花海，见证神州奔小康。

——2019 年 10 月 25 日，深圳

【闲评】

莲花山公园位于深圳市中心区的最北端，占地面积 194 公顷，南临红荔路，北到莲花路，东起彩田路，西至新洲路。公园东西南北都有花径、花圃，一年四季鲜花盛开，2016 年 12 月，莲花山公园入选《全国红色旅游景点景区名录》，是深圳市的亮丽名片之一。

祭祖二首

祭祖之一·敬花

芽苞开放岭弯斜，

登上仙山①敬老爹。

满谷百花同雅颂，

孩儿早已做阿爷。

祭祖之二·答花

仙山名菊满枝头，

见到故人脸带羞。

昨日青丝今白发，

额光似镜志如鸥②。

——2020 年 3 月 28 日，揭阳市钱坑镇

注释：

①仙山：仙架山，诗人家乡一座大山，海拔 300 多米，诗人的父亲就葬在此山上。

②这两句是家乡的花儿见到熟人发出感叹："你原来的满头黑发怎么转眼间就变成白发了？"而老朋友则回答说，"我虽然头发白，但心志如鸥。"

【闲评】

第一首祭祖，第二首言志。虽然人老，但志不能衰，无论前路有何艰险，都努力向上，直到生命终止。

第二节　古城畅抒怀

七绝·再游成都

当年陪母赏蓉西^①，曾为幽悠醉似泥。

今日携孙情不断，青城山到宝瓶溪。

——2018 年 4 月 4 日，四川都江堰景区

注释：

①蓉西：成都别称蓉城。蓉西，顾名思义，指成都西边。

②青城山：此山位于成都市的西南，道教四大名山之一。

③宝瓶溪：指都江堰的宝瓶口，是自动控制内江出水量的水利设施。

【闲评】

诗人与儿孙一起游成都，忆起几年前曾陪老母亲游蓉西的情景，联想宋代诗人陆游的梅花绝句，"当年走马锦城西，曾为梅花醉似泥。二十里中香不断，青羊宫到浣花溪"，倍感亲切，因而步其韵而作此诗。

七绝·扬州小谣

五月长江泛暖流，欢声洒满广陵①州。

美人消瘦②皆因爱，放眼青茵无尽头。

——2018 年 5 月 23 日，扬州市

注释：

①广陵：扬州的古称。

②美人消瘦：指瘦西湖犹如美女西施。

【闲评】

鲜花盛开，绿柳成荫，扬州之美在于外表，也在于内涵。"淮左名都，竹西佳处。"此时虽非烟花三月，但扬州美景如故。柔情似水的扬州城，道不尽的诗情画意，叹不完的风流韵事，人说它比成都安逸，比苏杭秀美，生活在别处不如生活在扬州。

七绝·佛山早春

禅城①昨夜起春风，小雨嘀答催皓翁②。

辞去寒梅洁似玉，迎来红莉笑蒿蓬③。

——2019 年 3 月 1 日，佛山市禅城区

注释：

①禅城：佛山市的别称。

②皓翁：白发老头。

③蒿蓬：蓬草和蒿草，亦泛指草丛、草莽。

【闲评】

佛山春来早。佛山是一座历史悠久的文化名城，是广府文化的核心地带，岭南文化气息浓郁。同时，佛山也是粤剧的发源地，著名的武术之城、民间艺术之城、陶瓷之都、美食之乡。当地属亚热带季风气候，著名景点有祖庙、西樵山等。佛与禅往往相提并论，因此佛山又被称为"禅城"。

七绝·独木成林①

独木从来不是林，眼前孤树自成荫。

撑开巨伞三千尺，昂首抚须送爱心。

——2019 年 12 月 1 日，云南瑞丽市

注释：

①独木成林：独木成林景区，位于云南瑞丽市打洛镇的开发区内。这株成林独树，株高 28 米，树龄在 200 年以上，属热带、亚热带的大叶榕，有 32 条大小不等的气生根垂直而下，扎入泥土，塑造出一树多干的成林景致。

【闲评】

当人们进入独木成林公园，抬头仰望高大的榕树时，不得不肃然起敬，惊叹这个神奇、美妙的自然奇观。

七绝·银杏金秋

华贵雍容喜气盈，万千银杏展风情。

胞们①兴奋高声唱，满树黄金伴我行。

——2019 年 12 月 4 日，云南腾冲银杏村

注释：

①胞们：同伴们、来此的游客们。

【闲评】

树上树下连成一片黄金世界。腾冲银杏村有着"天下第一银杏王国"的美誉。"树树皆秋色，山山唯落晖。"每到深秋，房前屋后，黄叶纷飞，异常美丽。珍贵的百年银杏树让这个小村庄显得古朴深邃。那一树树灿若黄金的奇特景观让人叹为观止。据统计，全村共分布有古银杏树 3000 余株，另外还有中幼林 1000 亩，约 33 000 株。

七绝·金山寺感言

滥用天规逆作为，冲霄民愤法无威。

人间如有神羊①在，六月何来大雪飞？

——2018 年 5 月 26 日，杭州市金山寺

注释：

①神羊：中国古代神话传说中的神兽，即獬豸，拥有很高的智慧，懂人言知人性，能辨曲直，是司法"正大光明""清平公正""光明天下"的象征。

【闲评】

自古以来，人民群众都希望人间有正义，青天常在，才不会有六月飞雪的窦娥冤。百姓更不愿有人如法海那般，貌似正义，实则善恶不分。

七绝·赞嘉峪关

万里长城第一墩①，千秋百代冠乾坤。

黄沙羌笛齐欢舞，共赏边关夏与春。

——2019 年 10 月 5 日，甘肃嘉峪关

注释：

①第一墩：万里长城第一墩即讨赖河墩。明嘉靖十八年（1539 年），由肃州兵备道李涵监筑，是明代长城从西向东的第一座墩台，也即明长城西端的起点，是嘉峪关长城防御体系重要的组成部分。

【闲评】

嘉峪关，一个被历史和未来深情凝视的地方。千百年来，滚滚的历史车轮给嘉峪关留下了深深的文化印迹：巍峨壮观的"天下第一雄关"，"断崖千尺，长城之源"的天下第一墩，铁壁悬空、似长城倒挂的悬壁长城，生动再现驿使奔驰、商旅云集真实场面的魏晋壁画墓……如今，这里再也不是漫漫黄沙的戈壁滩，而是"一江碧水穿城过，半城草木半城湖"的戈壁明珠。沙柳迎风锁大荒，胡杨傲骨阅沧桑。

七绝·七彩丹霞

丹霞七彩化清寒，望远登高看彩船。

如注人流腾激浪，甘州①今日是江南。

——2019年10月7日，甘肃张掖市

注释：

①甘州：张掖古时称甘州。

【闲评】

张掖丹霞因"色如渥丹，灿若明霞"而得名，以地貌色彩艳丽、层理交错、气势磅礴、场面壮观而称奇，被称为"中国的彩虹山"。

七绝·一村两国

一村两国挂红花，飞荡秋千过缅街①。

红叶飘香为国界，穿门过户老阿爷。

——2019 年 12 月 2 日，中缅边境银井村

注释：

①缅街：缅甸街道。

【闲评】

　　一脚踏两国，秋千荡过国界，到此一游其乐无穷。中缅边境的银井村位于云南省瑞丽市姐相乡。1960 年中缅勘界时，在银井村中间树起了一块中国 71 号界碑，界碑将村子一分为二。界碑西北属中国的一侧被称为银井村，界碑东南属缅甸的一侧叫作芒秀村。以竹篱笆、水沟、田埂、村道为国界，形成"一寨两国""一井两国""一家两国"等独特景观。边界并没有严格的屏障，两村的居民也是互通有无、自由往来。

七绝·赞龙江大桥

美龙^①驾雾上天宫，丽日传扬王者风。

腾跨龙江连五岳，冲开险谷坦途通。

——2019 年 12 月 2 日，云南腾冲

注释：

①美龙：形容龙江大桥美丽壮观。

【闲评】

　　这是一首藏头诗，每句头字相连即"美丽腾冲"。一桥飞架东西，天堑变通途。该桥全长 2470 米，是亚洲跨径最大的钢箱梁悬索桥。龙江大桥位于云南保腾（保山—腾冲）高速公路土建第五合同段，于 2016 年底建成通车。大桥一头连着巍巍高黎贡山，一头连着极边腾冲，直通缅甸，号称"云南最美路桥"。站在桥头向对岸远远望去，整座桥在云雾缥缈中；俯瞰桥下，滔滔龙江水蜿蜒如蚯。

七绝·巽寮湾

十里银滩沙白微，天低浪急水清扉。

早晨游客皆甜梦，独有耆翁脚步威。

——2020 年 10 月 7 日，惠州市巽寮湾

【闲评】

  早晨的沙滩，白沙如粉，绵延几公里长，令人陶醉。如此美景，只有早起晨运的人才能感受得到。

第三节　四季梧桐美（七绝10首）

（一）庆余年

呼啸北风意志坚，攀登桐岭乐无边。

迎晨挥杖林中舞，往后余生第一天。

——2018 年 1 月 1 日，深圳梧桐山

（二）春来早①

桐枝滴翠露华凝，山径通幽湖水②清。

春色满园飞鸟笑，早晨长啸气充盈。

——2018 年 2 月 28 日，深圳梧桐山

注释：

①藏头诗：桐山春早。

②湖：指梧桐山的恩上水库。

（三）仲春曲

千虫合唱震山川，谷里林中雅韵旋。

晨客惊呼齐鉴赏，宛如仙乐落人间。

——2018 年 3 月 30 日，深圳梧桐山

（四）夏雨沉

夏夜雨沉如破天，百虫欢叫草花间。

清晨举伞登山去，桐女新装美似仙。

——2018 年 6 月 22 日，深圳梧桐山

（五）雷雨中

清早爬山云压城，乌鸦狂叫伴雷声。

暴雨狂风何足惧，踏岭穿林向上登。

——2018 年 8 月 30 日，深圳梧桐山

（六）玩童秋爽

秋风轻送碧云天，秋爽欢声山谷间。

秋意初来心景美，秋光伴我把童还。

——2018 年 9 月 20 日，深圳梧桐山

（七）美女秋色

梧桐山上一清河，河水含羞唱恋歌。

昨日你刚游海角，今天轻抚我颊窝。

——2018 年 10 月 14 日，深圳梧桐山

（八）冬季桐山

冬至登山桐岭亲，清风拂面露华芬。

梧桐爱我情专一，我恋梧桐四季春。

——2018 年 12 月 24 日，深圳梧桐山

（九）迎接春光

北风呼啸耍疯狂，桐树飘摇谷底霜。

地冻天寒心里暖，迎新辞旧接春光。

——2018 年 12 月 31 日，深圳梧桐山

（十）桐山之恋

春暖花开踏岭青，夏炎避暑谷中行。

秋凉欢聚如童乐，冬冷欢歌赛妙伶①。

——2018 年 2 月 28 日，深圳梧桐山

注释：

①妙伶：有名的歌星。

【闲评】

  十首关于梧桐山的绝句，描绘了梧桐山晨昏交替、四季变化之美。如同欧阳修《醉翁亭记》中描写滁州山间的佳句："野芳发而幽香，佳木秀而繁阴，风霜高洁，水落而石出者，山间之四时也。朝而往，暮而归，四时之景不同，而乐亦无穷也。"使人愉悦的不只山林、草丛等自然景色，更有心底深处对时代和社会的赞美、对生活的热爱及对友谊的歌颂。

第四节　英雄民间来（七绝10首）

（一）英　雄

宝哥①山友是英雄，年近古稀如劲松。

助弱扶危经十载，梧桐山上老雷锋。

注释：

①宝哥：诗人登山时结识的好友，全名刘惠宝。

（二）中　风

十八年前遭祸灾，中风大病骤然来。

及时施救保生命，瘫痪在床头惜抬。

（三）拷　问

卧床瘫痪两年多，拷问灵魂与梦魔。

若要复康唯自救，摸爬滚打上山坡。

（四）挣 扎

亲友帮忙爬下床，腿身难动内心慌。

轻移莲步锥心痛，拐杖强撑闪泪光。

（五）苦 斗

三百六天月与年，清晨傍晚蹭山间。

抗争命运不言败，反复折腾祈不瘫。

（六）毅 力

一步一爬山岭长，一摔一滚向前方。

一掺一跳台阶动，一杖一撑如渡江。

（七）成　功

狂风暴雨不回归，烈日当空体渐威。

寒暑四时增力道，桐山助力步如飞。

（八）感　恩

身体健康胜病前，感恩亲友敬青天。

登山治好偏瘫病，立志助人心喜欢。

（九）助　人

修通山路一条条，帮弱扶危小径遥。

我助他人人助我，雷锋真气九州飘。

（十）酵　香

民间藏有木沉香，阿宝精神应发扬。

珍惜生活真与美，齐家爱国谱新章。

——2020 年 12 月 28 日，深圳

【闲评】

　　阿宝，全名刘惠宝，1952 年出生。诗人与其相识于梧桐山，相交 16 年有余。每天早上登梧桐山时，都能见到他帮助山友清除障碍，疏通山路，协助他人打山泉水等。朋友们亲切地称呼他为"宝哥"。

　　阿宝 49 岁时，不幸中风，卧床近三年，但他坚持与命运作斗争，表示："我要斗命！与命斗！"在亲友们的鼓励和帮助下，他坚持每天到梧桐山锻炼，以坚强的意志和坚韧的毅力，日复一日、年复一年地锻炼，终于战胜疾病，恢复了健康，如今健步如飞，更胜过往。

　　为了感谢社会、亲友和大山，他坚持在山上做好事，帮扶、修路、指路、带路、协助他人打山泉水，不知帮过多少迷路的儿童和游客。他是我们身边的好人，是活雷锋。

　　诗人创作此诗，就是为了赞美生活，赞美亲情友情，赞扬坚忍不拔的意志，赞扬社会主义核心价值观与和谐的人际关系！更赞美民间英雄阿宝。

第三章

双奇叹颂

双奇，此处专指虚构的城市马孔多和加勒比海。二者都有震撼心灵的故事和值得人们长久思考的问题，但马孔多只能用悲叹，加勒比海却可以用叹颂。

第一节　悲叹马孔多

七律·沥血探求
——读马尔克斯《百年孤独》

孤独百年血泪流，艰难创业解情仇[1]。

布恩[2]探险披荆棘，梅尔[3]寻光赏月球。

撑破云山金钻硬[4]，磨平骨架[5]玉肌柔。

祖孙七代[6]天人恋，薪火相传南美洲。

——写于 2020 年 3 月 8 日上午，深圳

注释：

①解情仇：经历一百多年七代人无奇不有的各种事情，再复杂的情仇恩怨也在时间中得以化解了。

②布恩：指布恩迪亚家族。

③梅尔：指梅尔基亚德斯，吉卜赛人。

④金钻硬：日以继夜的探险、冶炼，他们用各种方式炼出了所谓黄色的"黄金"和坚硬的"钻石"。

⑤磨平骨架：当时马孔多的妓女一天要接客 70 多人，皮肉痛苦，骨头被磨平。

⑥七代：本书讲述布恩迪亚家族七代人的生活。

【闲评】

《百年孤独》是诺贝尔文学奖获得者加西亚·马尔克斯创作的长篇小说，是魔幻现实主义文学的代表作，亦是 20 世纪最重要的文学巨

著之一。该书描写了布恩迪亚家族七代人的传奇故事，以及加勒比海沿岸小镇马孔多的百年兴衰，反映了拉丁美洲一个世纪的风云变幻史。人类永远也无法看清自己，就像那张写满布恩迪亚家族孤独密码的羊皮纸手稿。一旦人类彻底认清了自己，读懂了这张带有寓言色彩的手稿，人类也就会毁灭自己。

七律·叹上校①之死
——读马尔克斯《百年孤独》

舍死忘生招义兵②，布恩上校反朝廷。

摧枯拉朽歼残敌，功败垂成扯绝缨③。

十子④沿街如乳狗，父亲封闭炼鱼晶⑤。

人间孤独何如此？信仰全无一典型。

——2020 年 3 月 12 日，深圳

注释：

①上校：奥雷里亚诺·布恩迪亚上校。

②招义兵：上校以自由派的身份招集义兵，发动了 32 次起义反对当时的政府。

③扯绝缨：扯断帽缨而不追究，有宽厚待人之意。上校的众多起义最后都因过于宽待敌人而功败垂成。

④十子：上校有 17 个女人，生了 17 个儿子。起义失败后，他们沿街乞讨，全像小狗一样被杀害。

⑤鱼晶：黄金炼成的亮晶晶的小金鱼。

【闲评】

奥雷里亚诺·布恩迪亚上校是布恩迪亚家族的第二代，是拉丁美洲革命英雄的典型。他参加了内战，当上了上校。当他认识到这场战争毫无意义的时候，便与政府签订和约，停止战争。他与 17 个外地女子妍

居，生下 17 个男孩。这些男孩后来不约而同回到马孔多镇寻根，却被沿街追杀。他年老归家，每日炼金子做小金鱼，每天做 2 条，做到 25 条时便放到坩埚里熔化，重新再做。他像父亲一样过着与世隔绝的孤独日子，一直到死。终其一生，他都没有明白自己几十次革命的目的是什么。

七律·迷途孤独

——读马尔克斯《百年孤独》

·

循环革命①震云天，寂寞余生子影单。

高祖疯癫身困树，玄孙悲郁体亲莲。

男丁闯谷逆行勇，女眷封门②步履艰。

激浪奔腾经百载，归零③迷路觅英贤。

——2020 年 3 月 23 日，深圳

注释：

①循环革命：不断革命、反复革命。

②封门：不准抛头露面。

③归零：一百多年多次重复革命，但什么也没有改变，在原地转圈。

【闲评】

尽管布恩迪亚家族的很多人为打破孤独进行过种种艰苦的探索，但由于无法找到一种有效的办法，均以失败告终。他们陷入孤独不能自拔，用与世隔绝的等待来逃避对人类罪恶的惩罚。也许，孤独就是整个人类的终极归宿。

七律·马孔多前世今生

——读马尔克斯《百年孤独》

一齐辟地斩妖魔，一起繁荣马孔多。

一世痴狂姨与侄[①]，一生苦恋子和婆[②]。

一城敬业皆云景，一寨荒唐尽烂柯。

一阵飙风清霝梦，一流浪史卷漩涡。

——2020 年 3 月 31 日，深圳

注释：

①②姨与侄、子和婆：泛指这些家族成员之间，不顾伦理，近亲恋爱，违背伦理纲常的情况。

【闲评】

"命中注定要一百年处于孤独的家族，绝不会有出现在世上的第二次机会。"布恩迪亚家族经历了从淳朴的乡村生活到战争、革命，接着殖民入侵后西方思潮的侵蚀，再到一切归于平静后的绝望、灭失的过程。家族中的男性成员只有两种归宿：一是死于非命，二是陷入不能自拔的孤独并退化。百年七代的兴衰、荣辱、爱恨、福祸和文化与人性中根深蒂固的孤独，在一场突如其来的飓风中永远地消失了。然而，它留下的是灵魂深处惊心的颤抖，是对良心的拷问。至今，人们还在探求，还在思考……

诗人试图抓住重点，用几首诗歌，把这部巨著的核心内容展示出来，联系起来，方便学习和记忆，也是一种有益的尝试。

第二节　赞加勒比海

（一）加勒比海·传奇

地球的东方已经是夜晚，

地球的西方仍然是清早。

经过三十多个钟头的折腾，

我们来到了美国的佛罗里达半岛。

到处充满新鲜趣味，

隐约听到从迈阿密港传来的号角。

我们结伴去寻找世间的传奇，

权且把巨轮当成向导。

沿着哥伦布、德莱昂①的足迹，

去寻找印第安人古老的城堡。

还有那神秘的鳄鱼、食人鱼②，

和那臭名远扬的加勒比海盗。

我们不怕艰险，

不怕年近古稀的衰老。

希望能一眼看千年啊，

览尽无限风光和奇珍异宝。

一年只有三百六十日啊，

我希望每天都能有新奇的事物来环绕。

周游于天地大自然之间，

我喜欢神经质地吹着自由的口哨。

——2019 年 2 月 3 日，美国迈阿密

注释：

①德莱昂：西班牙航海家，1513 年发现了美国的佛罗里达。

②食人鱼：广泛分布在南美洲的一种鱼，也称水虎鱼。

【闲评】

"老矣犹思万里行，翩然上马始身轻。"诗人抱着憧憬和好奇，到不同的地方，看未知的风景，见识不一样的风土人情，不辜负生命中的每一个惊喜和感动，以自由之心，激荡生命之河，遇见意料之外的欢喜。

（二）加勒比海·包容

巨轮晚上出发了，

驶进加勒比海时天已晓。

我登上了船头，极目远眺：

宽阔的加勒比海啊，

你是如此的包容、如此的美好。

海浪清蓝纯净，响声很有节奏，

遗憾的是看不到各种飞翔的海鸟。

呼！啦！呀！

凭借着神奇的力量，

庞然大物乘风破浪、独领风骚。

我们勇敢地跟随她前进，

自信地把人生的幸福来创造。

你看那浪涛中不见泪花，

也没有多愁善感的烦恼。

巨浪一个接一个，

稳稳当当的，在船上迈步很轻巧。

远望四周，茫茫然不见天际，

只有偶尔间出现的一两个小岛。

这是多么广阔的胸怀啊，

万物融为一体，

万川流入震天长啸。

她震撼了人们的心灵，

鼓励着人们去追赶时代的浪潮。

向着既定的目标，

欢乐航行，飞鸣长镝①，虽老还俏。

——2019 年 2 月 5 日，加勒比海

注释：

①飞鸣长镝：发出带响声的利箭。毛主席诗词里曾用过这个词。

【闲评】

加勒比海是世界上最大的内海，也是沿岸国家最多的大海，所以说加勒比海是广阔的、包容的。明媚的阳光和风格迥异的海岛，以及引人入胜的奇妙景象，就算铁石心肠也会为之一见钟情。就像加勒比海一样，那么地球上的各色人群和各种事物也需要包容，才能合作共赢，变得更加美好。

（三）加勒比海·平安

空中鹰穿云，

海里鲸开道。

奔波几万公里啊，

真希望能在清澈的海里洗个澡。

海里没有诡异，也没有悬念，

只有惊喜，只有欢笑。

抬头看，

青天是那样的青青白白，

白云是那样的浩浩渺渺。

低头瞧，

海面是这样的湛湛蓝蓝，

海里是那样的热热闹闹。

人类和大自然和谐相处，

不耍阴谋，没有奸狡。

这里没有毛贼，

也没有传说中的加勒比海盗。

这里没有欺诈，

也没有暴力绑票。

没有各种各样的种族纠纷，

只有各门各派的宗教祈祷。

自然界一片风调雨顺，

没有人在这里折腾乱搞。

这里是和平的、安全的，

就好像回到家里一样温馨可靠。

宁静的白天，沸腾的晚上，

我们将美好的生活紧紧地拥抱。

——2019年2月7日，加勒比海和谐号邮轮上

【闲评】

　　昔日海盗圣地，如今海上天堂。提起加勒比海，许多人都会想到系列电影《加勒比海盗》，但那都是几百年前的事了。如今的加勒比海没有杰克船长和妖魔鬼怪，只有天堂一样的美景，被称为"邮轮天堂"。加勒比海沿岸分布着30多个国家和地区，是世界上最大的珊瑚礁集中地之一，充满热带风情，美轮美奂。平安祥和，这才是人类要追求的共同目标。

（四）加勒比海·联想

亲爱的加勒比海啊，

虽然你威风凛凛，头戴高帽，

但是还要谦虚，不要骄傲。

把汝放在宇宙间，

你实在真的很渺小。

努力去亲近其他朋友吧，

宇宙间到处都是星光闪耀。

置身其中的，

既有罗曼蒂克的热情，

也有不尽人意的春寒料峭。

只有征服了险阻和坎坷，

才能迎来坦途和美好。

大千世界是紧密相连的呀，

一点一滴也不能少。

一花独放只能红一点，

百花盛开才能更美妙。

只有与大洲大洋联系在一起，

你才能感受到天地万物的恩情更滂浩。

盼望着，海底水面，天上人间，

出现新的景色，新的面貌。

盼望着，东西南北，万里春风，

没有虚伪，也不用俗套。

宇宙万物相接，晴空万里无霾，

大好河山在浩瀚的寰宇中才能尽显妖娆。

——2019 年 2 月 9 日，加勒比海和谐号邮轮上

【闲评】

　　加勒比海以印第安人部族命名，意思是"勇敢者"或"堂堂正正的人"，是世界上最大的内海，旅游业是加勒比经济中的重要部分——做开放共享的海上天堂，不做与世隔绝的世外桃源。尽管加勒比海挺大，但放眼全球，再到整个宇宙里，它只是微不足道的。在全球经济一体化的趋势下，只有加强合作，以更加开放的胸襟拥抱世界，共求生存和发展，"才能迎来坦途和美好"。任何自我隔绝、自以为是，都是徒劳的，不能成功的。

（五）加勒比海·友谊

乘坐邮轮游加勒比海，

异国风情、真诚友谊全得到。

从迈阿密到牙买加，

从古巴、墨西哥到开曼群岛，

各国的朋友都笑脸相迎，

欢歌载舞真友好。

他们不分宗教种族，

他们不分男女老少。

是啊，是人类就应该文明不傲，

是人类就应该讲友谊、多微笑。

白皮黄肤皆是友，

棕色人种黑色珍珠也美妙。

矮小高大都可人，

瘦长肥胖皆有料。

人类的心灵啊，

需要相互帮助相互关照。

人类的幸福啊，

相互妒忌相互倾轧不可能得到。

我们别学绿水因风起波浪，

我们要学青山经历暴雨不动摇。

大家都伸出友谊的手吧，

多种德多助人才能有福报。

共建人类命运、人类健康共同体，

同生死共患难才能感动上帝和玄昊①。

不同种族不同肤色的朋友团结紧，

冲出图圈，排除干扰。

团结一致齐出击，

切断破坏人类团结进步的魔爪。

愿人世间永远的真诚的友谊，

在加勒比海中成长，

在全人类中长久地永远地发酵。

——2019 年 2 月 11 日，加勒比海和谐号游轮上

注释:

①玄昊: 指上天, 苍天。

【闲评】

神秘的加勒比海位于北美洲东南部，处于大西洋和太平洋航道的要冲，是南北美洲的航行要道。由于加勒比海沿岸各国经济实力薄弱，且南美社会普遍不稳定，尽管如今取得了更多的自主权，但对外的影响力还是非常有限的，而且加勒比海国家跟南美大陆还有很多分歧。1994

年，加勒比地区的 37 个国家和地区成立了加勒比国家联盟，其主要目
的是加强成员在政治、经济、文化、科学等领域的合作，实现经济一体
化，开创加勒比地区发展的新纪元。加勒比海地区的发展实践证明，我
国提出的共建人类命运共同体、人类健康共同体的理念是非常正确的。
人类命运是联系在一起的，发展友谊，互相帮助，合作共赢是全人类唯
一正确的选择。

第四章

列国诗巡

列国，这里专指外国；诗巡，主要指用诗歌记录近年来在外国旅游参观过程中有意义或有趣味的东西，以及一些值得思考的问题，以求达到传达信息、加深印象、提升认识的效果。

　　近年来，诗歌创作方面不但百花齐放，而且推陈出新，到处可见诗歌巡礼、诗歌巡览，甚至还有诗歌巡洋和诗歌巡洋舰等。可见，用诗歌记录景物、表达感情也是群众喜闻乐见的形式。

第一节　亚洲馥芳

七绝·老挝万象

神秘之都寡①哮声②，金光塔庙朴③迎朋。

百年战火占芭④泪，如火如荼月亮城⑤。

——2018 年 1 月 6 日，老挝首都万象

注释：

①寡：少、没有。

②哮声：喧闹、热闹的声音。

③朴：朴素，这里是指以朴素的姿态迎接各方宾朋。

④占芭：占芭花，老挝的国花，又称"鸡蛋花"。此处代指当地百姓。

⑤月亮城：万象城市沿湄公河延伸，呈新月形，故有"月亮城"之说。

【闲评】

进入万象市区，给人的感觉是，街道并不十分宽阔，没有高楼大厦，与二三十年前中国的一些城市颇为相似，但市面很热闹，绿化率高，人民生活方式传统、闲适懒散，保留着一份难得的纯朴、自然和虔诚。

七绝·游南俄湖

南俄①胜景坐船游，心境随波逐浪流。

百岛千姿收眼底，老挝啤酒乐悠悠。

——2018 年 1 月 7 日，老挝南俄湖

注释：

①南俄：南俄湖，距万象东北约 60 公里，是老挝最大的人工湖，湖中有数百座小岛，景色宜人。

【闲评】

南俄湖又称"千岛湖"，原名"塔拉大水库"。整个水库面积 390 平方公里，有岛屿 300 多座。对于见不到海的老挝人而言，水库就是他们心中的海，在这里不仅可以乘船游湖，还可以一边喝着啤酒，一边品尝特色风味鲜鱼餐并欣赏美丽的景色。

七律·琅勃拉邦印象

中南半岛遗荒地，跨越时空觅未知。

南掌①国王开重镇，高棉佛像立城池②。

橘红僧侣③如齐画④，素雅仙姑似古诗。

赤脚化缘千百载，檀香塔庙惹人痴。

——2018 年 1 月 10 日，老挝琅勃拉邦省

注释：

①南掌：即今天的老挝。南掌王朝是法昂于 1353 年建立的一个王国，为老挝史上第一个统一王朝。

②立城池：琅勃拉邦城市是以当时的高棉国王送的一尊佛像而命名。

③橘红僧侣：穿着橘红色袈裟的和尚。500 多年来，琅勃拉邦一直沿袭着一个传统习俗：每天清晨约 6 点钟，当地妇女拿着做好的糯米饭、粽子等食物来到街边，虔诚地跪下，等待僧人前来化缘。届时，各个寺庙的和尚一队队赤脚行来。僧侣们手持银色食钵，诵经声不绝于耳，虔诚的信众身披一条长围巾，手持盛着食物的竹筒，频频献食，并双手合十致意，构成一幅美妙的风俗画卷。

④齐画：齐白石的画。

【闲评】

琅勃拉邦是一个历史悠久、文化深厚、民俗风情浓郁的古城，是老挝历史和文化的象征，也是该国小乘佛教的发源地。这里的寺庙、佛塔林立，全部用檀香木建成，外形端庄古雅。仅市区内这样的寺庙就有30多座，是名副其实的佛都。

映日荷花

七律·马尼拉

中西合璧马尼拉①，欧美东方混血花。

吕宋湾②深联四海，石河水③满溢天涯。

羞为撒旦④栽酸果，愿伴儒生种蜜瓜。

冷热寰球同命运，吟嚼橄榄醉清吧。

——2018年3月6日，菲律宾首都马尼拉

注释：

①马尼拉：别称"岷里拉"，菲律宾共和国的首都，该国最大的港口城市，有"亚洲的纽约"之称。它地处菲律宾群岛中最大的岛屿——吕宋岛西岸，也称"小吕宋"。

②吕宋湾：吕宋岛位于菲律宾群岛的北部，是菲律宾面积最大、人口最多、经济最发达的岛屿。吕宋岛湾区盛产稻米、椰子，吕宋雪茄闻名于世。同时，吕宋也是菲律宾三大政区（吕宋、维萨亚、棉兰老）之一。

③石河：巴石河，该河将马尼拉大都会一分为二，是连接该市南北的重要河流，为马尼拉市民提供水源和运输通道。

④撒旦：基督教《圣经》中用作魔鬼之王的专称，说他常诱惑人类犯罪作恶，专与神和人类为敌。

【闲评】

马尼拉是一座具有悠久历史的城市，在中国文明、印度文明和中亚古文明的基础上，融合了西方文化，形成了独特的中西合璧的文化特色。该国大多数人对华夏文化具有很深刻的认识，对中国人民十分友好。

七律·关西红叶

关西^①红叶满峰峦，走马观花看不完。

远望千山皆放彩，近观万树似流丹。

金童脸赤偷天酒，玉女颊红凭醉欢。

展尽荣华睁眼看，高山松柏傲严寒。

——2018 年 11 月 17 日，日本关西

注释：

①关西：关西地区，与关东地区相对，是指关原以西的地区，包括大阪府、京都府、兵库县、奈良县、和歌山县、滋贺县、三重县。

【闲评】

日本被誉为红叶最美的国家之一。每到秋天，漫山遍野的红叶把各大景点装饰得如火如荼。秋叶虽不能说是"静美"，却具有一定的遐想空间，能给有诗情之人以触动。阅尽枫红之美，诗人还是把最深的敬意留给了抗御严寒的高山松柏。

七绝·关西行

十月京都枫叶红，奈良神户乐从容。

山町宇治①深秋美，大阪琼香醉老翁。

——2018 年 11 月 19 日，日本大阪湾

注释:

　①山町宇治：日本的两个地名，美山町村和宇治县。

【闲评】

　枫红秋深之景，确实醉人，正如有位诗人写的那般："枫叶京都十月红，行家品赏意从容。异邦浪漫深秋色，宛若琼浆醉老翁。"

七律·芽庄度假

度假休闲何处寻？芽庄僻静少繁音。

金兰湾顶波涛怒，南岸河傍椰旺欣。

法式教堂达洛^①宝，占婆庙宇御山^②琛^③。

珍珠翘首迎宾客，万顷白沙无戒心。

——2019年1月2日，越南芽庄

注释：

①达洛：一种珠宝，传说可以辟邪转运、护佑平安。

②御山：芽庄附近的一座山头。

③琛：珠宝。

【闲评】

　　芽庄市位于越南中部沿海地区的庆和省，是该国众多滨海城市中一个较为僻静的小城市。这里的海滨沙滩一望无际，白沙柔软，潮平水清，海底遍布千姿百态的珊瑚。芽庄因其恬静内敛的气质受到许多外国游客的关注。此处主要景点有芽庄海滨、芽庄珍珠岛、冲洛景区、婆那加占婆塔、芽庄大教堂、红石角、芽庄妙岛等。在这里度假，不仅体验美妙，而且非常安全。

七绝·芽庄集市

平常朴素好休闲，凌乱街区显自然。

现代生活多负累，轻松回到卅①年前。

——2019 年 1 月 4 日，越南芽庄

注释：

①卅（sà）：即三十。

【闲评】

芽庄位于越南南部海岸线最东端，沙滩洁白柔软，潮平水清，海底遍布千姿百态的珊瑚，色彩斑斓的鱼群追随在潜水者周身，让海底探险者乐此不疲，是海滨旅游的优中之选。这里的集市相当休闲，没有拔地而起的摩天大楼、熙熙攘攘的车水马龙，亦无高端耀目的奢侈品牌，只是一个干净整洁的海边小城，很像我国二三十年前的小城模样。当地人悠然自在，生活得井然有序，静待有朋自远方来。

七律·蒲甘印象

蒲甘神秘遍浮屠①，手指轻描②盖世殊。

有幸日观三万塔，得福夜宿十朝都。

文明造就东方玉，愚昧刮搜南亚珠。

老朽闲游无弗届③，悠然永远念阿奴④。

——2019 年 11 月 16 日，缅甸蒲甘

注释：

①浮屠：梵语音译词，意为佛陀。古时曾把佛塔误译为"浮屠"，故又称佛塔为"浮屠"。

②轻描：用手轻轻拂过。

③无弗届：无远弗届，即不管多远之处，没有到达不了的。

④阿奴：指阿奴律陀，蒲甘王国国王。他在 11 世纪统一了缅甸，并创建了蒲甘城，使之成为缅甸历时三百多年的国都，并提倡佛教，大量兴建佛塔。

【闲评】

缅甸是个佛塔之国，塔多、庙宇多、和尚多，可谓"出门见佛塔，步步遇菩萨"，而其奇珍异宝曾多次被西方列强搜刮过。在缅甸，佛教徒崇尚建造浮屠，社会各阶层，无论国王、大臣，还是僧侣、平民都可建塔。鉴于建塔者的生活年代、社会地位、经济实力、审美趣味不同，所建造的佛塔风格亦各异。方圆几十公里的蒲甘，处处被寺塔簇拥，据说鼎盛时期有四百万座之多，因此蒲甘又被称为"万塔之城"。

七绝·仰光玉石市场

三来^①缅甸老和呆^②，时遇仰光玉石开^③。

翡翠通街真或假，昏花乱眼只徘徊。

——2019 年 11 月 18 日，缅甸仰光

注释:

①三来：第三次去缅甸旅行。

②老和呆：诗人自侃又老又呆，这里指缺乏辨别玉石真假的能力。

③玉石开：指将包裹玉料的粗松石头削去，取出里面的玉，这个过程叫作"开玉"。由于玉石形成的地质环境很复杂，再加上氧化作用，一般仅从外表并不能一眼看出其庐山真面目，即便在科学昌明的今天，也没有一种仪器能通过外表很快判断其内在是"宝玉"还是"败絮"。这种判断是建立在丰富经验的基础之上的，因而买卖风险很大，也很刺激，故称"赌石"。据说缅甸玉石商人赌石后，将其切开加工时，一般不敢亲临现场，而是在附近烧香，求神护佑。

【闲评】

仰光的玉石市场主要指昂山市场和国家珠宝展览馆。前者位于市中心的繁华闹市区，是缅甸珠宝玉石最大、最集中的成品零售地。人们把从矿山开采的石头运往这里，进行切割、抛光等工序，再进行售卖。缅甸玉石市场也是一个知名的旅游景点，来自世界各地的游客络绎不绝。

七绝·仰光大金塔

大金塔①上显辉煌，厚重威严卫仰光。

极尽繁华金嵌钻，千年瑰宝立东方。

——2019 年 11 月 19 日，缅甸仰光

注释：

①大金塔：仰光大金塔，位于北茵雅湖畔的圣丁固达拉山上，是仰光市的最高点。金碧辉煌的仰光大金塔，与印度尼西亚的婆罗浮屠塔和柬埔寨的吴哥窟一起被称为东方艺术的瑰宝，是驰名世界的佛塔，也是缅甸的国家象征。

【闲评】

大金塔全塔通体贴金，加上 4 座中塔、64 座小塔，共用黄金 7 吨多。塔顶的金伞上还挂有 1065 个金铃、420 个银铃，上端以纯金箔贴面，顶端镶有 5448 颗钻石和 2000 颗宝石。据说，释迦牟尼成佛后，为报答缅人曾赠蜜糕为食之恩回赠了八根头发。佛发被迎回缅甸，忽显神力，自空中降下金砖，于是众人拾起金砖砌佛塔，至今已有千余年的历史。

第二节　西欧韵长

七律·话说葡萄牙

小小葡牙①当大哥，极荣之日跨银河。

青蛇吞象侵濠镜②，白鼠欺狮占保罗③。

百载兴衰人与兽，千年成败圣和魔。

今天欧陆寻余韵，前岁巴西舞探戈④。

——2018 年 8 月 5 日，葡萄牙

注释：

①葡牙：葡萄牙。

②濠镜：澳门的旧称。

③保罗：指巴西最大的城市圣保罗。

④前岁巴西舞探戈：诗人之前曾经到访过巴西，并与朋友们在巴西街头与各地游客共同跳探戈舞。

【闲评】

该诗从一个侧面表达了对历史变迁的感叹。葡萄牙是欧洲各国中殖民历史最为悠久的一国，自从 1415 年攻占北非休达自治市至 1999 年澳门政权移交，其殖民活动长达近 600 年。葡国于 15 世纪盛极一时，巴西曾经是它的殖民地。18 世纪起，葡萄牙逐渐走向没落。

七绝·马拉加海湾

早晨散步马加湾①，一叶小舟随浪还。

远望天边明月影，心灵永远不孤单。

——2018 年 8 月 7 日，西班牙马拉加海湾

注释：

①马加湾：马拉加是位于西班牙南部安达卢西亚、地中海太阳海岸的一个港口城市。这里是绘画大师毕加索的故乡。

【闲评】

这是座天堂般的城市，此刻天光乍现，海风习习，一片静谧，空气里都透着浪漫闲适的气息，处处显现着温馨和谐的生活气息。早晨于湾边散步，心中充满了喜悦：从天南到地北，旅途有人相陪，美景有人共赏，幸福感油然而生。

七律·巴塞罗那

穿州过府启因缘，仰慕名家拜圣贤。

布帅①险征新大陆，高师②妙设恣情燃。

几多国度播文化，七项世遗千载传。

登上名楼睁眼看，南洲③隐现大冰川。

——2018 年 8 月 11 日，西班牙巴塞罗那

注释：

①布帅：哥伦布，意大利航海家、探险家、殖民者。

②高师：高迪（1852 年 6 月 25 日—1926 年 6 月 10 日），西班牙建筑师，塑性建筑流派的代表人物，属于现代主义建筑风格。高迪一生的作品中，有 17 项被西班牙列为国家级文物，7 项被联合国教科文组织列为世界文化遗产。

③南洲：南极洲。

【闲评】

巴塞罗那是西班牙的第二大城市，因众多的历史建筑和文化景点成为旅游胜地，素有"伊比利亚半岛的明珠"之称。巴塞罗那是国际建筑界公认的将古代文明和现代文明结合得最完美的城市，也是一座艺术家的殿堂，市内随处可见艺术大师毕加索、高迪、米罗等人的遗作。

七绝·再见，巴塞罗那

古老壮观褒奖声，人生苦短赶征程。

君如要赏五洲景，不可不来巴塞城^①。

——2018 年 8 月 12 日，西班牙巴塞罗那

注释：

①巴塞城：巴塞罗那。

【闲评】

素有"欧洲之花"之称的巴塞罗那位于西班牙东北部地中海沿岸，依山傍海，地势雄伟，是伊比利亚半岛的门户，全年阳光明媚，鲜花盛开。宜人的气候、著名的金色海岸和充满浪漫色彩的人文环境，每年吸引数千万外国游客到此旅游休假。人生匆匆，别为了着急赶路而忽略了意想不到的美景。

七绝·友谊

中土①英伦别样天，亲情友谊线儿牵。

子孙带我寻知友，胜利相逢在曼联②。

——2018 年 8 月 20 日，英国曼彻斯特

注释：

①中土：中国。

②曼联：曼彻斯特的一个足球俱乐部。此处代指该城市。

【闲评】

"江汉曾为客，相逢每醉还。浮云一别后，流水十年间。欢笑情如旧，萧疏鬓已斑。何因不归去，淮上有秋山。"重逢总是让人欣喜，在异国他乡能与故知重逢，更是一件值得高兴之事。

七绝·祥光颂

一轮红日照神州，万丈金光映彩球。

从此儒生①追靓景，心如大海竞风流。

——写于 2018 年 8 月 24 日英国伦敦北区，

向马克思墓敬献鲜花之后

注释：

①儒生：原指遵从儒家学说的读书人，后泛指读书人。这里代指中国的知识分子。

【闲评】

"天不生仲尼，万古如长夜。"世间一切伟大的壮举总是默默完成的，世间一切智者都是深谋远虑的。马克思、恩格斯的思想如同太阳，照亮四方。

七绝·游巴黎

圣殿卢浮塞纳花，闻名香榭显繁华。

百年铁塔①多奇伟，三逛巴黎赏画吧。

——2019 年 7 月 21 日，法国巴黎

注释：

①千年铁塔：埃菲尔铁塔。铁塔位于塞纳河南岸的战神广场，于1889 年建成，得名于设计它的著名建筑师、结构工程师古斯塔夫·埃菲尔。埃菲尔铁塔是世界著名建筑、法国文化象征之一、巴黎地标之一，被法国人爱称为"铁娘子"。

【闲评】

对一个地方能有多喜爱，才会不远万里去了又去？除了著名的卢浮宫、塞纳河和埃菲尔铁塔等名胜古迹外，就连巴黎街角的书画吧，都能让人流连忘返，确实是真爱无疑了。

第三节　东欧如梦

七绝·游布莱德湖

三头^①白雪化清流，城堡壮观美韵悠。

阿尔卑斯南麓帅，莱湖^②雅女脸含羞。

——2019 年 5 月 20 日，斯洛文尼亚共和国

注释：

①三头：三头山，是斯洛文尼亚的最高峰。

②莱湖：布莱德湖，位于斯洛文尼亚西北部阿尔卑斯山南麓。因三头山顶积雪的融水不断注入湖中，故有"冰湖"之称。这是一个长 2.1 千米、宽 1 千米的小湖，湖畔密林浓翠，悬崖下明镜般的湖面以及湖中阿尔卑斯山雪白的倒影，构成了梦幻般的冰玉奇境，故布莱德湖又被称为"山上的眼睛"。

【闲评】

布莱德湖是斯洛文尼亚最著名的湖泊，曾多次举行过世界性的水上与冰上运动比赛，早已成为旅游胜地。这里景色优美，被誉为世界上十大美丽湖泊之一。

七律·游十六湖公园

十六清湖涌大江，洞飘瀑布浪花扬。

灰岩沉淀成堤坝，红柳根深筑水墙。

峭壁踏平耆①汉勇，栈桥踩曲少年强。

穿洲过海寻玄胜，喜见名园庆瑞祥。

——2019 年 5 月 22 日，克罗地亚

注释：

①耆（qí）：六十岁以上的老者。

【闲评】

十六湖公园位于克罗地亚中部的喀斯特山区，园内遍布石灰岩沉积形成的天然堤坝，这些堤坝又形成多个湖泊、洞穴和瀑布。由于主要有 16 个湖泊，公园名"十六湖国家公园"。无论是景色还是地质成因，该公园都和我国的九寨沟极为相似，因此在中国它又被称为"欧洲九寨沟"。

七律·瓦尔特保卫萨拉热窝①

百感相交里雅河②，百泉汹涌唱笙歌。

百邪齐聚敌奸细，百善催生众楷模。

百炼成钢忠与勇，百灵挫败鬼和魔。

百年瓦尔③曲难散，百代欢呼萨热窝。

——2019 年 5 月 24 日，萨拉热窝

注释：

①一部著名的前南斯拉夫电影，在中国家喻户晓。

②里雅河，穿过萨拉热窝市中心的河流。

③瓦尔：瓦尔特，萨拉热窝游击队领袖，凭借个人出色的谋略与众多英勇的游击队员同心同德，成功地挫败了纳粹德国的阴谋，保卫了城市和人民。

【闲评】

萨拉热窝是波黑的首都，被群山环抱，风景秀丽，因第一次世界大战的爆发和当代波黑战争闻名于世。电影《瓦尔特保卫萨拉热窝》曾在中国热映，使得这座城市在中国家喻户晓。全诗用百字开头，更加能够形象地描写和记录该城市的真实景物。诗人能够亲自来到这里，亲见电影里的景点，难免既激动又兴奋。同时，也对南斯拉夫的现况非常感慨。

七律·黑山共和国

黑山翠绿少尘霾，黑土路差长藓苔。

黑矿深藏求探采，黑湖①显露展胸怀。

黑风洞里藏妖怪，黑色湾中养小孩②。

黑脸包公没现世，黑金助你进关来。

——2019 年 5 月 26 日，

黑山共和国首都波德戈里察市

注释：

①黑湖：黑山共和国最热门的旅游景点。

②养小孩：黑色的湖泊中有一座寺庙，庙里可见为数不少的未成年小尼姑和小和尚。

【闲评】

全诗以"黑"字开头，道出黑山共和国（The Republic of Montenegro）的神秘感，以及对该国现实的看法。这个国家"欧洲最神秘的地方"，位于巴尔干半岛西南部、亚得里亚海东岸。其国土面积仅 1.38 万平方公里，比天津市略大一点。黑山是一个多山之国，因境内多山，且呈黑色，故名"黑山"。该国虽然地盘小，但很受老天眷顾，不但拥有迷人的海滩，更有葱郁峻秀的高山，可谓气候宜人、独具风情。

七绝·游地拉那①

地拉那市露鹰光②，珀丽什奇③傲一方。

切尔梅尼羊笑靥④，甜酸苦辣满胸膛。

——2019 年 5 月 27 日，

阿尔巴尼亚地拉那市

注释：

①地拉那：阿尔巴尼亚首都。

②鹰光：阿尔巴尼亚号称"山鹰之国"。

③珀丽什奇：即什奇珀丽，在当地语言中称为"阿尔巴尼亚"。该国曾被视为"欧洲的社会主义明灯"。

④羊笑靥：当太阳从切尔梅尼山升起来的时候，十分像羊的笑脸——这是地拉那市的一个奇景。

【闲评】

地拉那（Tirana），阿尔巴尼亚首都和第一大城市，是全国的政治、经济、文化、交通中心，也是一座值得一游的美丽城市。阿尔巴尼亚是欧洲最贫穷的国家之一，全国半数人口从事农业种植业，五分之一的人口在国外工作。"海内存知己，天涯若比邻"曾被用来形容中阿两国的亲密关系。后来又发生了很多变故，以致中国游客来到这里大多会怀有一种说不清道不明的滋味。

七律·南斯拉夫

南联盟国^①立天涯，雨顺风调映彩霞。

美霸三番来诱惑，苏蛮屡次耍奸邪。

婴花瑰丽熏莱尔^②，导弹飞机炸笛巴^③。

自此一身分六体^④，还存科沃^⑤闹分家。

——2019 年 5 月 29 日，

塞尔维亚首都贝尔格莱德

注释：

①南联盟国：铁托领导南斯拉夫共产党和军队击败法西斯，并于 1945 年 11 月 29 日宣布成立南斯拉夫联邦人民共和国，实行联邦制，由 6 个共和国组成。

②莱尔：贝尔格莱德，是塞尔维亚的首都和最大城市。

③笛巴：笛，音乐，吹捧。笛巴，这里指没有信仰和内在紧密团结的地方或国家，也就是一打就散的地方；借指一盘散沙一样的巴尔干地区。

④一身分六体：目前，南斯拉夫已分裂成 6 个主权独立国家，即斯洛文尼亚共和国、克罗地亚共和国、波斯尼亚和黑塞哥维那、塞尔维亚共和国、黑山共和国、北马其顿共和国。

⑤科沃：科索沃，是塞尔维亚的一个自治省，位于欧洲东南部巴尔干半岛上。

【闲评】

南斯拉夫，一个已成为历史名词的国家，其存在时间并不长，百余年的历史。它的巨变给全世界带来了无穷无尽的思考。它虽未在欧洲历史进程中起过主导作用，但对欧洲及世界地缘政治格局有着重要的影响。这个曾经的红色阵营三号强国，由于存在复杂的民族矛盾、宗教矛盾、权力纷争，未能形成强大的民族凝聚力，缺乏民族认同感，后在欧美的渗透和分化瓦解下走向四分五裂，从此，那个叱咤风云的南斯拉夫被压缩成为巴尔干半岛的一个内陆小国。

七绝·摘玫瑰

万千玫蕾露轻凝，万伏宝珠无①碧莹。

万众高歌齐折采，万家沐浴更真情。

——2019 年 6 月 2 日，

保加利亚共和国卡赞勒克市

注释：

①万伏珠宝：形容珠宝极多，光芒耀眼。

【闲评】

保加利亚拥有世界上最大的玫瑰种植园和近四分之三以上品种的玫瑰，素有"玫瑰王国"的美誉。为保存生产玫瑰油的传统，保加利亚从 20 世纪 60 年代末起，将 6 月的第一个星期天定为玫瑰节。每逢玫瑰收获的季节，位于巴尔干山南麓的卡赞勒克地区便会庆祝玫瑰节。采摘仪式从早 5：00~7：00 就开始了，因为此时带露水的玫瑰花，含油量最大、最香。

七绝·玫瑰精油

一枝玫朵一丝油，一片清香顺水流。

一树繁花香百客，一心无秽解千忧。

——2019 年 6 月 2 日，

参观卡赞勒克玫瑰精油厂

【闲评】

此诗主要描写了玫瑰精油的芳香、作用和珍贵。保加利亚是玫瑰油的出口大国，其产量占全球产量的 40％。玫瑰油是制造高级香水的主要原料，1 公斤玫瑰油在国际市场上的价格是 5000~6000 美元，因此，玫瑰油又有"液体黄金"之称。清晨，一望无际的玫瑰园散发着迷人的芳香，身穿民族服饰的保加利亚小伙、姑娘、孩童接踵而至，手中拎着小花篮，一边采花一边高歌，此情此景真是令人陶醉。

七绝·玫瑰花节大巡游

万众巡游历史长，千年节庆谱新章。

民间舞蹈稀奇戏，保利歌声古怪妆[①]。

地上缤纷羞望日，天空艳丽耀姮娘[②]。

狂欢过客为何事？浪漫之城百里香。

——2019 年 6 月 3 日，

保加利亚卡赞勒克地区

注释：

①古怪装：参加玫瑰节游行的人，都头戴面具、身着盛装，象征着花农们驱赶邪恶，并祈祷上帝能够护佑玫瑰丰收。

②姮娘：神话中的月中女神，即嫦娥。

【闲评】

一年一度的玫瑰节大巡游是保加利亚最著名的庆祝活动。每年6月，位于巴尔干山脉中部南麓的玫瑰谷都要举行各种庆祝活动，其中卡赞勒克市的活动最为盛大。人们从四面八方来到玫瑰谷，载歌载舞。一架直升机在人头攒动的广场上空盘旋，抛撒花瓣，喷洒香水，游客置身其中，乐而忘返。

七律·伊斯坦布尔

罗马占庭①帝国牛，奥斯②拓展不甘休。

双城③合市春和夏，一峡④分洲冬与秋。

历史名遗宫殿伟，自然景色百花羞。

橘红古典流连影，文体皆赢美誉留。

——2019 年 8 月 9 日，

土耳其伊斯坦布尔市

注释：

①占庭：伊斯坦布尔始建于公元前 660 年，当时称"拜占庭"。公元 324 年，罗马帝国迁都于此。

②奥斯：奥斯曼帝国。

③双城：伊斯坦布尔的新城区和老城区。

④一峡：博斯普鲁斯海峡，横穿伊斯坦布尔市中心，也是亚洲和欧洲的分界线。

【闲评】

伊斯坦布尔是世界上唯一一个地跨欧、亚两大洲的城市，博斯普鲁斯海峡横贯其中。曾为古代三大帝国——罗马帝国、拜占庭帝国和奥斯曼帝国首都的伊斯坦布尔，以绝佳的地理位置及丰富多彩的文化遗迹，使访客着迷不已。其所拥有的博物馆、教堂、宫殿、清真寺、市场以及美妙的自然风光，令人们流连忘返。夕阳西下，伫立于博斯普鲁斯海峡边，看着对岸的窗户在余晖的映照下射出点点橘红，令人深深理解若干世纪前人们之所以会选择这样一个非凡的地方落脚，也会由衷地感叹伊斯坦布尔无愧为世界上最美丽的城市之一。

第四节　美洲聚光

七绝·迈阿密

矜贵①之都冠美洲，金融商业富流油。

观花赏景穿街过，三到②美洲追海鸥。

——2019 年 2 月 3 日，美国迈阿密

注释：

①矜贵：迈阿密是国际性大都市，在金融、商业、媒体、娱乐、艺术和国际贸易等方面拥有重要的地位，是诸多企业、银行和电视台的总部所在地。2009 年，迈阿密还被瑞士联合银行评为美国最富裕城市和全球第五富裕城市。

②三到：第三次来到。

【闲评】

这是一个看起来很浮夸的地方：豪宅、游艇、沙滩棕榈、蔚海蓝天……魔幻的时尚艺术之都、国际名流聚集的假日海滨，迈阿密仿佛就是"享乐"的代名词，来到迈阿密，就注定将开启一场别具一格、充满艺术灵气的探享之旅。

七绝·牙买加

林水之乡牙买加，黑人国度竞才华。

明珠皇后①夸三宝②，大海咖啡木树花。

——2019 年 2 月 6 日，牙买加

注释：

①明珠皇后：牙买加位于加勒比海西北部，首都金斯敦三面由苍绿的丘陵和山峰环抱，一面是远海碧波，风景如画，有"加勒比城市的皇后"之誉。

②三宝：大海、咖啡、木树花被誉为"牙买加三宝"。

【闲评】

牙买加是一个体育强国，板球、足球、田径和赛马是当地居民热爱且擅长的运动项目，被世人所熟悉的"闪电"博尔特便是来自牙买加的著名短跑运动员。该国环境得天独厚，到处郁郁葱葱，丛林中小河遍布，民众对到此的游客非常友好。

七绝·万里云游

亲朋携手美洲行^①，比海墨湾^②都是情。

万里云游因盛世，天涯海角奏歌声。

——2019 年 2 月 7 日，加勒比海游轮上

注释：

①美洲：这里指中南美洲。

②比海墨湾：加勒比海和墨西哥湾。

【闲评】

　　一群志同道合的亲友携手同游中南美洲，跨越两大洲、两大洋，行程四万多公里，在以前是做梦也不敢想的事情。如果不是祖国强大、人民富裕了，是无法实现的。因此在天涯海角唱歌，诉说心声，是很自然的事情。

七律·第一次

上帝施恩天上来，珍珠散下①岛湾开。

大洋日出潇潇雨，比海云开渺渺霾。

墨国古巴双俊杰②，买加开曼③两英才。

天南地北三万里，半月巡游慰我怀。

——2019 年 2 月 8 日，加勒比海地区

注释：

①珍珠散下：据传说，加勒比海地区是上帝的眼泪变成的。诗人认为上帝的眼泪就是无比珍贵的珍珠。

②墨国：墨西哥国。

③买加开曼：牙买加和开曼群岛。

【闲评】

诗人与几个好友从深圳市出发，横跨太平洋，途经美国，第一次来到神秘的加勒比海地区，一切都是新鲜和新奇的。人的生命是有限的，但我们所处的宇宙是无限的。能在有限的人生里，多走走，多看看，见见外面的世界，是一件多么美好的事情！

七律·游古巴感言

寰球西面史纷繁，小岛之邦多事端。

脚抚鳄鱼游比海①，手开银锁进西湾②。

猪湾事件③一强敌，导弹危机④两巨奸。

大米疑云⑤今已散，东方来客度关山。

——2019 年 2 月 10 日，古巴

注释：

①比海：加勒比海。

②西湾：墨西哥湾。

③猪湾事件：或称"吉隆滩之战"，发生于 1961 年 4 月 17 日，是美国中央情报局及美国政府策划并组织的，旨在推翻古巴社会主义者卡斯特罗独立政权的一次失败的武装入侵行动。

④导弹危机：古巴导弹危机，又称"加勒比海导弹危机"，1962 年在美、苏与古巴之间爆发的一场极其严重的政治、军事危机。

⑤大米疑云：20 世纪 60 年代，该国曾误认为中国不愿帮他们渡过难关（拒绝提供大米），从而严重影响了两国的关系。在解除误会之后，两国的关系恢复良好。

【闲评】

古巴是一个充满故事的国家。该国位于加勒比海西北部，是美洲唯一的社会主义国家。首都哈瓦那有"加勒比海的明珠"之称。古巴导弹危机作为国际关系史上的经典事例，值得生活在和平时期的人们回顾和思考。

第五章

五言四语

五言诗，是古代诗歌体裁之一。是指每句五字的诗体，全篇句数不定。五言诗是吸收民歌形式而成的诗体。五言诗可容纳更多的词汇，从而扩展了诗歌的容量，能够更灵活细致地抒情和叙事。

　　四言诗，也是古代诗歌体裁之一。四字一顿，节奏鲜明，简单明快，因其形式单纯反而具有自然的意味。由于每句的词汇有限，少有垫话的虚词，没有过度雕琢的余地，故简练朴拙。

第一节　五言新诗

五言·游万荣

云怪山峰白，花奇洞口①开。

湖蓝美女聚，江绿帅哥来。

年老背包客，天真似小孩。

登阶微喘气，赛卡②汗湿腮。

——2018 年 1 月 7 日，老挝万荣

注释：

①洞口：万荣以众多岩洞而著名，静谧的南松河流过这片神奇的喀斯特地貌。这里有的岩洞尚未被开发，像迷宫一样。

②赛卡：比赛开卡丁车。

【闲评】

万荣的地理位置恰好位于万象和琅勃拉邦两个主要城市之间，喀斯特地貌的青山绿水可媲美中国的桂林。独特的地形与美丽的湄公河支流南松河带来了众多的户外探险项目，深受欧美背包客的喜欢。尤其卡丁车比赛是当地的一大特色。

五言·笑游泰国

此般游泰国，老汉也稀奇。

城外一厕所，辉煌又金碧。

里外像宫殿，岂止方便地。

购物用猪猪，欢迎人民币。

特产何其多，最贵鳄鱼皮。

众人图欢乐，泰语来通气。

二字叫作龙，说冷就是一。

福字就是六，说叔就是七。

叫声老妈妈，靓仔好欢喜。

小妹称晶晶，大哥称屁屁。

浓浓水晶晶，屁屁罗蜜蜜。 ①

老婆"怕了吧"，老公叫"煞笔"。

购物用银联，结账"刷死你"。

酒店虽一般，叫早可"摸里"。

记得不准确，就当是嬉戏。

旅游六七天，三千多一滴。

总结一句话，价值超预期。

朋友如游泰，别忘老哥弟。

——2016 年 1 月 16 日上午，泰国

注释：

①浓浓水晶晶，屁屁罗蜜蜜：这两句是泰语的音译，大意为"小妹很漂亮，大哥很潇洒"。

【闲评】

泰国游可说是价廉物美，其间的开心快活事层出不穷。此处诗人特别挑选了语言特色和由此产生的诸多笑话，遂成此诗，简单而不失风趣，读后令人忍俊不禁。

五言·游大英博物馆感言

当年帝国牛，利炮配坚舟①。

掠夺五洲物，曾经霸全球。

法老屈棺枢，狮身映王侯。

墨国石刻像，果阿基督楼②。

欧洲剑气霸，罗马杯韵幽。

大英展馆特，澳洲古篮柔③。

敦煌众珍宝，青瓷唐彩釉。

隋朝佛像伟，女史④岁月稠。

千国古极品，族弱尽数收。

博览在一馆，傲然显金瓯。

示威加反抗，道貌脸不羞。

百代争与斗，如今大国优。

绅士谦有礼，儒帅泯恩仇。

命运共同体，寰宇写春秋。

——2018 年 8 月 3 日，英国伦敦大英博物馆

注释：

①利炮配坚舟：当年，英帝国主义利用大炮和轮船掠夺了世界各国的珍贵国宝，又将它们安置在博物馆内展出。

②果阿：果阿邦是印度的一个邦，位于印度西岸。果阿的教堂和修道院是世界遗产，其中仁慈耶稣大教堂是亚洲最主要的基督教朝圣地之一，其模型被展览在大英博物馆里。

③古篮柔：用古柔藤编的古篮，本是大洋洲的珍藏。

④女史：大英博物馆里最引人注目的要数东方艺术文物馆，仅来自中国的历代稀世珍宝就达 2 万多件，其中绝大多数为无价之宝，最为名贵的是东晋画家顾恺之的《女史箴图》、宋罗汉三彩像、敦煌经卷和宋明两朝的名画。

【闲评】

大英博物馆（British Museum）建于 1753 年，是位于伦敦的综合性博物馆，也是世界上规模最大、最著名的博物馆之一。该馆拥有藏品 800 余万件，于 1759 年 1 月 15 日起正式对公众开放，其藏品主要是英国从 18 世纪至 19 世纪掠夺而来的。来到此处游览参观，就是铁石之心的人也会动情。

五言·游萨格勒布市

城市有特色，黄墙加红瓦。

建筑古而精，布局讲章法。

总理府少威，市政府微侉①。

集市旺而序，教堂如巨塔。

小童真调皮，男女都不傻。

游戏古灵精，足球当猴耍。

靓女裙发飞，老男胡如爪②。

汽车够老爷，轻轨如斑马③。

此处花正开，初夏还冷哈。

——2019 年 5 月 21 日，

克罗地亚首都萨格勒布市

注释：

①微侉：不够精巧，略显陈旧。

②胡如爪：形容胡须长得茂密、硬刺且凌乱。

③轻轨如斑马：目前，萨格勒布市还保留着早年发展起来的老式有轨电车，车身颜色装扮得像斑马一样，仍是萨格勒布市的主要交通工具。

萨格勒布是中欧历史名城，建于 11 世纪，由一些居民聚居区逐渐发展来。目前整个城市由三部分组成，即由教堂、市政厅等古建筑组成的老城，也称"上城区"，和由广场、商业区、歌剧院组成的新区，又称"下城区"，以及战后发展起来的现代化市区。这是一个充满历史与文化的古城，曾孕育了无数历史名人、文化创新和世界级发明。

五言·迷人的布鲁日

来到布鲁日①，顿感有特色。

到处花遍开，街面铺青石。

建城千余年，中世纪风格。

墙壁垒古砖，红黄青蓝褐。

庭院老而端，细观很奇特。

教堂古塔伟，钟鸣无阻隔。

建筑呈精彩，门窗细雕刻。

特推数广场，佛兰珍珠饰。

各种美塑像，景观个连个。

居民有素养，靓女不羞涩。

古楼鳞次起，运河四通澈。

莱伊五十桥，通透贯两侧。

旖旎水城靓，令人恍隔世。

坐船游一周，笑声吻前额。

早晨清风里，健步赏景乐。

沿着石标走，多远不迷失。

推荐朋友来，来了齐呼值。

走了记忆深，万千贵宾客。

——2019 年 7 月 23 日，比利时布鲁日

注释：

①布鲁日：位于比利时西北部，是比利时西佛兰德省省会，也是该国著名的文化名城、旅游胜地。

【闲评】

"布鲁日"在佛兰德语中有"桥"的意思，由流经市内莱伊河上的一座古罗马桥梁而得名，素有"北方威尼斯""比利时艺术圣地""佛兰德珍珠"等美称。市内河渠如网，风光旖旎，古式房屋鳞次栉比，市容仍保有中世纪风貌。城区河道环绕，水巷纵横，并有运河通往北海岸外港。每当旅游季节到来，游人络绎不绝，可乘坐小艇观赏水城全貌。

五言·踩沙谣

清晨去踩沙，海水哗啦啦。

舞手转圈圈，脚顶大冬瓜①。

脱鞋特温柔，下水戏鱼虾。

闭目向前走，睁眼都是花。

口吟感恩谣，心念好年华。

拍照举手机，凝视托下巴。

海浪飚②嘴里，如喝普洱茶。

青天当严父，大地是慈妈。

珍惜眼前福，快乐如童娃。

无尘无杂念，有国才有家。

——2019 年 7 月 15 日，惠州海滩

注释：

①大冬瓜：诗人戏称自己已经初步发福的上半身。

②飚：直射而进。

【闲评】

这里远离城市的喧嚣，水清沙白人少。清晨在这里一边踩沙一边抒发情怀，别有一番乐趣。

五言·庆六一

登山靠实力，老汉笑嘻嘻。

下山真功夫，肚子不可欺。

少荤多食素，常思圣贤齐。

诸般皆不恼，七十胜十七。

——2020年6月1日，登梧桐山

【闲评】

"登山则情满于山，观海则意溢于海。"登山，不仅是体能锻炼，更是精神上的洗礼。越运动越快乐，越努力越幸运，而与小朋友们一起登山则让人越来越年轻。

五言·读外评^①有感

二〇二〇年，经济极辛艰。

先负后转正，增长二点三。

白毛红须呼：底线已跌穿！

我们负增长，一样笑得欢。

观点与角度？大脑已疯癫。

真诚的评论？虚伪与狡奸。

扭曲的心灵，不正的感观，

就像葡萄醋，味道溜溜酸。

——2021 年 1 月，深圳

注释：

①外评：外媒评价。

【闲评】

世界经济持续低迷，国际舆论环境不容乐观，加之新冠疫情的影响……中国能在这一年克服重重困难，实现经济增长，是一件非常不易、堪称奇迹的壮举。在中国崛起的过程中，其他国家应当正视中国的贡献，尊重中国的成绩，团结起来构建命运共同体。

第二节　四言新语

四语·清迈印象

小城清迈，双龙雄踞。

民风淳朴，天蓝水绿。

温差很大，风和日旭。

生态原始，花木葱郁。

结伴同游，知音相聚。

深入三角①，机会难遇。

畅游几天，无忧无虑。

又想家了，骑象回去。

——2016 年 1 月 15 日，泰国清迈

注释：

①三角：是指位于泰国、缅甸、老挝三国边境的三角形地带，这一地区因长期盛产鸦片等毒品被称为"金三角"。

【闲评】

清迈是泰国北部城市，环境优美，气候凉爽，以玫瑰花著称，素有"泰北玫瑰"的雅称，同时还以丝绸、纺织品等著称于世。这里的生态环境堪称一流，是休闲度假的理想去处，也是很多名流（如邓丽君）至爱的地方。

四语·红树礼赞

山竹①狂吹，海浪呼啸。

地动山摇，马嘶狗叫。

逐草摧花，红树欢笑。

抗暴风兮，护岸为要。

身躯狂摆，枝韧叶翘。

太阳点头，连声称妙。

破例点赞，汝真有料。

敬你亲你，无分老少。

闻到芳香，虽老还俏。

有你守护，安心睡觉。

——2018 年 10 月 3 日早，深圳

注释：

①山竹：台风的名称，是几十年不遇的登陆深圳的超强台风。

【闲评】

红树林素有"海上森林""海底森林""海岸卫士""海水淡化器"等美称。作为今日海岸湿地生态系统唯一的木本植物，它起到了海岸森林的脊梁作用，具有防风搏浪、护岸护堤、调节气候等功能，对抵御海潮、风浪等自然灾害，保护环境有着重要意义。

四语·赞开曼群岛

群岛开曼，休闲浪漫。

金融中心，公司离岸。

避税天堂，政府撑伞。

尊重隐私，化繁为简。

地理优越，丰富海产。

潜水胜地，勇探深浅。

加勒比温①，魔鬼鱼幻。

水秀山清，流连忘返。

瑞克②先登，殖民英管③。

来到这里，寒冬变暖。

——2019 年 2 月 7 日，开曼群岛

注释：

①加勒比温：加勒比海的气温常年维持在 25℃至 32℃。

②瑞克：据史料记载，英国航海家法兰西斯·德瑞克曾于 1586 年到达该岛，并将该岛命名为"开曼群岛"。

③英管：开曼群岛是英国在美洲西加勒比群岛的一块直属殖民地，由大开曼、小开曼和开曼布拉三个岛屿组成。

　　开曼群岛以其悠久的海盗文化吸引了各国游客，比较著名的就是一年一度的海盗节，每年 9 月举办，为期一周。开曼具有稳定而开放的法律、经济和政府机构体系，是世界第四大离岸金融中心和避税天堂，亦是全球著名的潜水胜地、旅游度假胜地。

四语·内比都市

内比都市①，日大风微。

建筑特别，路阔线垂。

多难小国，居安思危。

今日渐安，国耻可追。

昨天遭劫，强盗是谁？

黑白食客，眉轻腹非。

愚有拙见，缅吏有为。

政府隐林，军队筑围。

盖世狂牛②，随时施威。

导弹核武，讹诈千回。

泱泱大国，莫要徘徊。

保卫和平，钢盾铜锤。

枕戈待旦，不亢不卑。

两手准备，远虑无危。

人若犯我，有来无回。

穿云破雾，太阳光辉。

——2019 年 11 月 19 日，缅甸内比都

注释:

①内比都，原为缅甸的小城市，远离港口，现在为缅甸首都。

②盖世狂牛：指实行霸权主义的某些国家。

【闲评】

缅甸几次迁都，从沿海不断迁移至深山处。这里的风景独好，路阔楼矮，地广人稀。据说迁都此处，是为了未来的战争做准备。诗人认为，即便生在太平盛世，也要居安思危，方能立于不败之地。

四语·新编现代谜语

谈笑之间①

尊老敬贤，笑泉笑泉。

老人数人，平安平安。

爱子爱孙，兜前兜前。

知史读史，吹天吹天。

忠士言士，国坚国坚。

人心人义，天笺天笺。

后得薄得，深渊深渊。

玫诗瑰词，亲沾亲沾。

我迎我迎，我颠我颠。

大钻大钻，小先小先。

高投高投，低干低干。

耳朵耳朵，心艰心艰。

借德借德，乐贤乐贤。

儿童儿童，妻田妻田。

笔墨笔墨，笔尖笔尖。

子恋子恋，大欢大欢。

吴用吴用，有仙有仙。

好了好了，真言真言。

因果因果，终还终还。

注释：

①这是一篇现代笑话谜语。每一句组成一个简单的谜语。而谜底就在该句中。

【闲评】

这一篇笑话谜语，是从一些社会现象、日常琐事中悟出道理编写而成。是催人上进，劝人善良，赞扬谦虚美德，弘扬社会主义核心价值观的正能量的谜语。

每一个人在平凡人生的各个阶段，在和各种人和事物的交集中，无处不存在阳光和阴影。关键是自己如何面对，如何阳光灿烂地生活。有些看似不经意的事情，却能深刻地反映一个人的真实的内心世界。它来自日常小事，藏在平常的笑谈中。它白话，像清风，像家常，像迷雾。它既像运动员，也是裁判。闲着没事时，读一读，品一品，笑一笑，猜一猜，也许另有一番体会和乐趣。

第三节　友谊新意

五言四语·这一刻

在这一刻，

桐山门已开，

在这一刻，

大海敞胸怀。

在这一刻，

大地净无尘，

在这一刻，

心灵拂尘埃。

在这一刻，

红日露头笑，

她在笑迎，

好友的到来，

她在笑那，

大伙的抓拍。

她在笑那，

柳树的影歪，

她在笑那，

靓仔潇洒俊，

靓女好身材，

还在笑那，

一群快乐的老小孩。

——2020 年 1 月 15 日早，

梧桐山上迎日出

【闲评】

此诗写于太阳初升，一群老头老太太与一群靓仔靓女在梧桐山上抓拍日出的时候。幸福快乐洋溢在每个人的脸上。人们期盼新春，迎接红日，能从生死之间，恩爱之间，迷悟之间和执着之间走出来。而欢笑迎红日，赏清风，最能清除各种杂念，保持良好的精神风貌和积极上进的信心和勇气。

五言四语·乡情

家乡的山，家乡的林海。

家乡的庙，家乡的期待。

家乡的画，家乡的云彩。

家乡的田，家乡的稻麦。

家乡的水，家乡的戏台。

家乡的路，家乡的松柏。

家乡的人，家母的慈爱。

家乡的美，家国的情怀。

——2020 年 11 月 7 日，揭阳

【闲评】

家国情怀是中国优秀传统文化的基本内涵之一。家国情怀从来不应止步于摄人心魄的文学书写，更是国人的精神归属，那种与国家民族休戚与共的壮怀，那种以百姓为念、以天下为己任的使命感，都来自那个叫作"家"的人生开始的地方。

五言四语·生活

用心灵写诗，

用意志生活，

真诚度日，

斗室又如何？

放眼观世界，

笔端记坎坷，

宁就是福，

生活千般好。

——2020 年 10 月 17 日，深圳

【闲评】

　　一场突如其来的疫情打乱了所有人的生活节奏。国内疫情形势逐渐好转，国外却不容乐观，每一位出入境人员都需要接受"14+7"天的隔离观察。囿于斗室之内，必定会有诸多不适与不便之处。诗人有亲人便是此时由英国入境，隔离期间不免在电话中向家人诉苦，于是诗人写下此诗，宽慰和鼓励自己的亲人。

五言四语·过春节感言

春暖花开，

到处有天琛。

心诚友善，

人间多知音。

树壮枝莜，

底下自凉荫。

父严母慈，①

子女存孝心。

夫和妻贤，

幸福无需寻。

厚德谆谆，

先贤教诲深。

载物艰难，②

自古直到今。

风吹雨打，

方知扎根深。

历经沧桑，

戒贪又戒淫。

艰苦毅韧，

铁棒磨成针。

有智且慧，

平地有黄金。

莫贪便宜，

轧迹有根寻，

天高云淡，

大海敞胸襟。

宽容大度，③

沃土自成林。

注释：

①传统的说法是父慈子孝。

②厚德载物，其实，这是严厉的警世之语：你的德行不够，你不够厚重，千万不要追求过高的地位和大量的财富。如果过分追求，就是得到了，也将是灾祸。

③宽容大度是从自己身上开始的，如果反过来就成了小肚鸡肠了。

【闲评】

2021年的春节，是幸福快乐的春节。大家基本上都就地过年。在疫情蔓延的当下，唯有神州大地有人来人往，欢歌笑语，集会联欢，喝茶盛宴的权利。

幸福是人们普遍的感觉。

但是，幸福是来之不易的，是要用自己双手创造出来的。不同的想法就有不同的感觉。有人说，有钱就幸福；有人说，美满的家庭就是幸福，有人说，平安自由就是幸福……

诗作从另一个角度诉说幸福。当今世界上，作为中国人，生活在我们的社会中，就是幸福的。我们应该共同把握住机会，珍惜来之不易的幸福生活。

第六章

七律莎魂

七律，即七言律诗，是中国传统诗歌的一种体裁。七言律诗格律严密，由八句组成，每句七字，每两句为一联，共四联，即首联、颔联、颈联和尾联，中间两联要求对仗，同时还有严格的平仄和押韵规定。

　　莎魂，此处指莎士比亚著作的灵魂。诗人花了一年多的时间，较为系统地认真通读了莎士比亚全集，参阅了很多相关评论，做了大量的笔记，从中得到极大的快乐和满足，也吸取了很多营养。将读后感整理成七律，望能深入理解莎翁之作的精髓，触摸到它的灵魂。

第一节　真爱的力量

七律·长生①曲
——参观莎士比亚故居

斯特②小城出巨星，千秋万代放光明。

天才戏剧灵魂美，创意诗篇生命盈。

暴雨狂风清旧典，晴朗丽日立新经③。

莎翁巨著五千页，细品全文慰我情。

——2019年8月18日，英国斯特拉福小镇

注释：

①长生：与莎士比亚同时代的本·琼生赞誉莎士比亚是"时代的灵魂"，说他"不属于一个时代而属于千秋万代"。他永远活在人们的心中。

②斯特：英国斯特拉福小镇，莎士比亚的故乡。

③暴雨狂风清旧典，晴朗丽日立新经：莎士比亚的戏剧大都取材于旧有剧本、小说、编年史或民间传说，但在改写中他注入了自己的思想，给旧题材赋予新颖、丰富、深刻的内容。在艺术表现力上，他继承了古希腊、古罗马、中世纪英国和文艺复兴时期欧洲戏剧的三大传统并加以发展，从内容到形式都进行了创造性的革新。

七律·永恒的爱情
——读莎士比亚《罗密欧与朱丽叶》

异宝灵珠①入幻尘，古今中外屡缠身。

英台化蝶心悲切，黛玉葬花恩怨深。

丽叶②殉情惊大地，密欧③绝恋动天神。

阿弥陀佛西方去，世上永传痴爱真。

——2019 年 5 月 30 日，深圳

注释：

①异宝灵珠：指《红楼梦》里的贾宝玉和林黛玉，也指世上各类至死相爱的情种。

②丽叶：朱丽叶，凯普莱特之女，是一位从小就女扮男装的美丽少女，一直与凯普莱特以前的家臣一起生活，正义感强烈。

③密欧：罗密欧，蒙太古家族大公的儿子，是一个有教养、性情温和的贵族青年。

【闲评】

这是一个家喻户晓的爱情故事。《罗密欧与朱丽叶》与中国的《红楼梦》《梁山伯与祝英台》有异曲同工之妙，情节上也有不谋而合之处，它们是东西方爱情文学的千古绝唱。阻之弥坚，爱之弥深——这样的爱

情并不少见。当无法冲破现实桎梏的时候，"死"似乎就成了唯一的出路，那些活着时追求不到的东西，在死后终于得到了。正如罗密欧和朱丽叶所说："但愿睡眠能合上你的眼睛，但愿平静安息我的心灵。"

七律·循环曲
——读莎士比亚《终成眷属》

太阳骏马火轮圈①，戏笑人间情爱残。

海丽②求生藏萨外，勃拉③舍死避西兰。

谎言道尽奸臣耻，真话连篇小丑酸。

善恶到头终有报，锥胸哀泣血偿还。

——2019 年 7 月 31 日，英国伦敦

注释：

①火轮圈：希腊神话中，太阳是骏马拖着经过天空的火轮圈。

②海丽：海丽娜，社会地位低下的寄养在伯爵家中的女婢。

③勃拉：波特拉姆，年轻而又高傲自负的伯爵。

【闲评】

莎士比亚的喜剧《终成眷属》讲述了社会地位低下却美丽聪慧的女子海丽娜，如何利用自身的才干去追求出身高贵自傲的纨绔子弟波特拉姆的故事。其间，为了争取自己的幸福，海丽娜甚至赌上了性命，最后获得了国王的奖赏和支持，得到了梦寐以求的丈夫，并通过自己的努力获取了他的真心。正所谓"团圆喜今夕，艰苦愿终偿，不历辛酸味，奚来齿颊香"。

180

七律·塔夫与小宝

——读莎士比亚《温莎的风流娘儿们》

青场①委蛇殿里人，温莎少妇戏红尘。

朱楼浪漫房中假，闹市嬉游台下真。

骑士②三番遭戏耍，娘们③屡次秀情谆。

何如鹿鼎韦公爵④，猎艳争谋圣域深。

——2019 年 8 月 13 日，英国伦敦

注释：

①青场：情场。

②骑士：约翰·福斯塔夫，没落旧贵族的典型，好吃懒做，贪图享受，却又一贫如洗，想勾搭当地最有钱的两个太太来骗财骗色。

③娘们：剧中的两位女性——福德夫人与培琪夫人。

④韦公爵：金庸武侠小说《鹿鼎记》中的男主角韦小宝，他不但获得了皇帝的信任，还得到众多女人的芳心，娶了七个老婆。

【闲评】

《温莎的风流娘儿们》主要讲述了破落的封建骑士约翰·福斯塔夫看中了温莎绅士福德和培琪的钱财以及他们美貌的夫人，于是分别向

两位夫人写了内容相同的情书。不料，两位夫人察觉了这一骗局，后联合起来，三次惩罚了这个想入非非的酒色之徒。该剧同莎士比亚其他喜剧一样，充满了诙谐色彩，又不失哲理，展现了积极向上、明快乐观的精神风貌。本诗赞扬了真正的爱情，讥好笑之色徒福斯塔夫比不上韦小宝。

七律·爱神维纳斯
——读莎士比亚《维纳斯与阿都尼》

男主女从在古时，爱神愤对世间知。

甘当坦泰①终天慕，不做水仙②颜自痴。

净欲肌肤连骨髓，纯情玉体倩魂诗。

牡丹浴血③怀中唱，永颂先驱维纳斯④。

——2019 年 12 月 8 日，深圳

注释：

①坦泰：希腊神话中远古的统治者，意为太阳。

②水仙：源自古希腊神话美少年纳喀索斯的故事。纳喀索斯有一天在水中发现了自己的影子，却不知那就是他本人，爱慕不已、难以自拔，终于有一天他赴水求欢溺水死亡，死后化为水仙花。后来心理学家便把自爱成疾的病症称为"自恋症"或"水仙花症"。

③少年阿都尼的热血化作牡丹，被拥抱在维纳斯的怀里，一起为爱情歌唱。

④维纳斯：罗马神话中的美神和爱神，向往自由的爱情，为了真爱敢于斗争。诗中她是真爱的化身、妇女解放的榜样和先驱。

【闲评】

　　《维纳斯与阿都尼》是莎士比亚根据罗马作家奥维德的《变形记》创作的。爱神维纳斯爱上了英俊少年阿都尼，阿都尼却在打猎时丧生。无穷的伤痛最终成为维纳斯对人生的厌恶和诅咒。"好花盛开，就该尽先摘，慎莫待美景难再；否则一瞬间，它就要凋零萎谢，落在尘埃！"

七律·色与友

——读莎士比亚《两位贵亲戚》

海誓山盟结草环①，两男②遇死不眉弯。

宁芙③净化伊人雅，兄弟扬镳④大卫蛮。

老虎寻仇施勇猛，夜莺扑刺⑤展辛艰。

凤凰香木自焚日，至爱三方涉险关。

——2019 年 11 月 25 日，深圳

注释：

①结草环：结草与衔环都出自古代报恩的传说，比喻受人恩惠，定当厚报，生死不渝，也说"衔环结草"。

②两男：剧中的阿塞特与帕拉蒙。

③宁芙：希腊神话中美丽的林泉女神。

④镳：同"镖"。

⑤夜莺扑刺：夜莺为防止夜间睡着有危险，便用胸脯顶着一根刺，以保持警惕。

【闲评】

无私奉献式的爱与征服式、索取式的爱，到底哪一种才是正确的？该剧的情节源于英国文学之父乔叟的《骑士的故事》，讲述底比斯国王

克瑞翁的侄子阿塞特与帕拉蒙两位高贵的骑士，同时爱上了美貌女郎爱米莉娅。爱米莉娅无法做出抉择，于是他们二人进行决斗，约定败者退出。阿塞特获胜，但后来被坐骑掀翻，受了致命伤。弥留之际，阿塞特成全了爱米莉娅与帕拉蒙。

七律·叹时间

——读《莎士比亚十四行诗》

直上云霄驾太阳，奔腾似浪很嚣张。

冬寒脸皱狰狞景，春暖颜舒和善妆。

见证芳菲天放彩，揭穿伪假岁凝霜。

阳春锦绣人生短，唯有诗歌越寿疆^①。

——2019 年 12 月 26 日，深圳

注释：

①越寿疆：莎士比亚认为，人的生命是有限的，但是卓越的诗歌可以跨越时空，永远长存。

【闲评】

"正如太阳天天新、天天旧，我的爱把说过的事絮絮不休。"时间能够见证爱情，揭露一切。莎士比亚的 154 首十四行诗每首自成一体，但循着一条主线，即友谊和爱情关系的变化和发展，形成了一个有机整体。诗人歌颂友谊和爱情，把两者看作人与人之间和谐关系的表征。同时，它特别强调时间能够见证一切，揭露一切。强调忠诚、谅解以及心灵的契合，坚信美好事物将永存于世。

七律·叹少年

——读《莎士比亚十四行诗》

少年玉立冠乾坤，藏爱诗中万古春。

秋季丰饶潇洒洁，春光明媚丽姿纯。

眼睛身体同盟誓，帝位相邀也屈尊①。

宇宙虚无情隽永，玫瑰染血有灵魂。

——2020 年 1 月 1 日，深圳

注释：

①屈尊：刻骨铭心的爱情是至高无上的，金钱和地位是无法与之相比的。

【闲评】

"你生长在我的诗行中，只要意识尚存，它便赋予你生命。"若论能够不朽的东西，诗歌算是为数不多的一种，只要人类还有意识，诗歌就能不依附特定的物件得以流传。

七律·叹黑妹
——读《莎士比亚十四行诗》

黑不溜秋露郁芬，莎翁拜倒石榴裙。

疯狂野妹沸如煮，璀璨明星热似焚。

肉体灵魂沉地狱，痴心欲望乱乾坤。

荒唐毁灭囚徒醒，教化清泉育子孙。

——2020 年 1 月 6 日，深圳

【闲评】

  用叶芝的话说，是赢得一个女人还是失去一个女人更能激发诗人的想象，这是一个难以回答的问题。按照最广为流行的说法，莎士比亚的十四行诗集从第一首到第一百二十六首，是写给一位贵族男青年的，诗人热烈地歌颂了这位青年的美貌和与他的友谊；第一百二十七首到第一百五十二首，是写给一位黑褐色皮肤的女郎的，她是诗人的情人。这些诗除了写出了刻骨铭心的爱情，也给后世留下了很多深刻有益的教化和启示。

附录：读莎士比亚爱情诗感言

（一）七绝·情女怨

万千潇洒自逍遥，月季温馨脑后抛。

淑女洁身皆受骗，爱河集泪浪滔滔。

（二）七绝·爱的礼赞

朝露初干五彩飘，诗歌音乐韵迢迢。

温柔如水溪流浅，跳进溪中哪里逃？

（三）七绝·乐曲杂咏

肚皮贴紧耍风骚，美女奸谋似毒枭。

多少官商珠玉带，手长难绕丽人腰。

（四）七绝·凤凰和斑鸠

鸠凤相亲绝代骄，殉情合体火中烧。

从今以后真和美，化作浮云万丈高。

——2020 年 1 月 13 日，深圳

【闲评】

爱是一种甜蜜的痛苦，真诚的爱情绝非一条平坦的道路，而是像生长在悬崖上的一朵花，想摘就必须具有智慧和勇气。爱情本身也是一种疯狂的行为，不管你有多简单，遇到复杂的人，你就会变得有心计。当然，遇到了有心计的人，爱情也将是万丈深渊。

第二节　悲剧的震撼

七律·生命的光环
——《理查二世》读后感

文豪笔力重千钧，古老番邦寄意新。

洛克①操刀明国誉，勃雷②出剑证名绅。

巅峰寒气查王恨，垂死暖流刚父亲。

宇宙天窗察一切，繁衰恭倨③露颜真。

——2019 年 7 月 13 日，深圳

注释：

①洛克：波林勃洛克，即后来继位的亨利四世。

②勃雷：毛勃雷，剧中人物。

③恭倨：恭敬、傲慢。

【闲评】

莎翁通过一个善恶爱憎的故事，生动刻画了一个人在做、天在看的道理。一个盲目自信、不称职的理想主义君主，自以为可以净化被理查玷污的王座，但在攫取了王冠之后，重复的不过是上一任君王同样的统治和罪行。《理查二世》也是关于亨利·波林勃洛克的故事。波林勃洛克继位后称亨利四世，虽然他否认了谋杀理查二世，却又计划到圣地去朝拜，以求得心理平衡。

七律·人性的证明
——再读《威尼斯商人》

巴萨①借钱只为谁？猜谜赢美畅心扉。

安尼②良善忧中喜，夏克③奸邪乐里悲。

地狱阴森妖魅进，天堂敞亮好人归。

艰难割肉离奇案，全靠鲍西④智且威。

——2019 年 7 月 16 日，深圳

注释：

①巴萨：巴萨尼奥，安东尼奥的好朋友，鲍西亚的丈夫。巴萨尼奥向贵族的孤女鲍西娅求婚成功，因此向好朋友安东尼奥筹借三千金币作为婚礼费用。

②安尼：安东尼奥，威尼斯商人，巴萨尼奥的好朋友。安东尼奥为了成全好友巴萨尼奥的婚事，向犹太人高利贷者夏洛克借债。

③夏克：夏洛克，安东尼奥的债主，也是高利贷资本的代表，是一毛不拔的守财奴。夏洛克对安东尼奥往日与自己作对耿耿于怀，于是利用此机会要求以他身上的一磅肉作为抵押品。

④鲍西：鲍西娅，巴萨尼奥的未婚妻。她假扮律师，运用自己的胆识和智慧巧妙地挽救了安东尼奥的生命。

　　金钱固然重要，可世上有许多远比金钱重要的东西，千万不要被表面的现象所迷惑。现实生活中，我们不能因为自己拥有的优越条件而歧视任何人，更不要戴有色眼镜去看待他人，同时也要像鲍西亚一样，不被突如其来的困难所吓倒，懂得如何去面对困难，解决复杂的难题。

七律·灵魂的漂白

——读莎士比亚《约翰王》

昔年英法战争间，路易①围城娶白兰②。

利益之前无正义，婚姻背后有邪权。

君王③应悔亡亲侄，伯爵④含羞拜老翰⑤。

大道良心清恶孽，归回爱国梦魂安。

——2019 年 7 月 18 日，深圳

注释：

①路易：当时的法国太子，统军将领。

②白兰：白兰绮，约翰王之侄女。

③君王：约翰王本人，因怕侄子篡位，用计杀死了侄子阿瑟。

④伯爵：指约翰王一班有爵位的高级大臣。大敌当前，他们集体投敌，后受到良心谴责，重新回国。

⑤老翰：约翰王家族的祖先。

【闲评】

全诗揭露了战争中利益交换的各种可耻行径。约翰王来自一个很奇葩的家庭，其父（亨利二世）和两个哥哥都做过英格兰国王。其间，全家人为了争权夺地打来打去，夫妻反目、父子相向、兄弟相残，每个人都为着自己的利益背信弃义，争相拉低人性的底线。可以说，他是英国历史上最失败也最不得人心的国王之一。其手下的一班大臣，为了自己的利益，公然投敌。所幸，大道良心实无价，归回爱国梦魂安。投敌是没有出路的，最终他们重新回归自己的祖国，灵魂才得以安宁。

七律·乱世之时

——读莎士比亚《亨利六世》

襁褓之中做国王[①]，百年交战撼心肠。

仁慈过度邦终丧，宽厚无边子也亡。

浓气熏蜂离洞穴，骚腥赶鸽避巢房。

不当奴品陀罗草[②]，凝聚威严镜里光[③]。

——2019 年 9 月 4 日，深圳

注释：

①襁褓之中做国王：亨利六世是英格兰国王亨利五世和王后瓦卢瓦的凯瑟琳唯一的儿子，生于伯克郡温莎，出生后九个月即位。

②陀罗草：曼陀罗草，美丽而魅惑的花种，枝条细软，随风摇摆，可以用来制作麻醉剂。此处形容奴颜婢膝者。

③镜里光：镜子里反射出来的光线，更集中、更刺眼、更有威严，形容正义刚直。

【闲评】

有作为的君主，应该公平正义、有恩有威。亨利六世（1421—1471）则是英格兰兰开斯特王朝的最后一位国王。由于他的软弱无能、宽厚无边，使英格兰在亨利五世时代取得的丰硕战果丧失殆尽，且陷入了血腥的玫瑰战争之中。1471 年 5 月，他在伦敦塔内被爱德华四世杀害，儿子也不能幸免。作为一个普通人，亨利可说是个圣人，作为一个国王，他在政治上毫无作为，领导无方又不能选贤任能，是一个彻头彻尾的失败者。

七律·泰门其人
——读莎士比亚《雅典的泰门》

骂人穷尽恶词言，雅典泰门①行极端。

作揖猴乖心里野，叮疮蚊恶影形蛮。

疏狂落拓忠贤痛，缛礼繁文媚谄欢。

耗尽千金朋友散，悲伤妒世梦弦单。

——2019 年 9 月 9 日，深圳

注释：

①泰门：雅典贵族，悲剧的主人公。虽身为豪门贵族，但并不贪图富贵，在他心目中最神圣的东西就是兄弟般的友谊和诚挚的感情，不管什么人，总能在他那里有求必应，满载而归。

【闲评】

《雅典的泰门》是专门讲述人与金钱的作品。雅典贵族泰门生性豪爽、乐善好施，许多人趁机前来骗取钱财，当千金散尽之后，悲剧就开始了。"朋友们"纷纷离他而去，更没有人向他施以援手，最后他在绝望中孤独死去。在这部剧作中，莎士比亚揭示了金钱的本质：我们崇拜金钱，金钱却扭曲了人们的世界观，把世间的一切关系转换成了商业交易。

七律·平民乐
——读莎士比亚《亨利八世》

王孙权贵命沉疴，快乐从没百姓多。

凯瑟①含冤情也老，安妮②受宠又如何。

白金③头断方知悔，主教身亡才认魔。

绣野锦田④原是戏，光阴似箭日穿梭。

——2019 年 9 月 15 日，深圳

注释：

①凯瑟：西班牙公主凯瑟琳，亨利八世的第一位皇后，原是亨利八世哥哥亚瑟的遗孀。亚瑟去世后，亨利八世的父亲亨利七世说服儿子与凯瑟琳联姻。

②安妮：安妮·博林，亨利八世的女侍官，后成为其第二任皇后，最终被斩首。

③白金：白金汉公爵，封建贵族，刚毅耿直，被亨利八世以叛国罪处死。

⑤锦绣田野：指 1520 年亨利八世和法国国王的一次和会。双方都极尽排场，攀比炫富，史称"锦绣田野"。

　　诗中的亨利八世是都铎王朝的第二任国王，他一生做了震惊欧洲的两件事，一是脱离罗马教廷，使英国王室的权力达到顶峰；二是在位38年娶了6任老婆，每一任都不得善终，堪称欧洲史上"杀妻狂魔"。他无限膨胀的自我意识，加之冲动易怒的性情，在内外因素的合力下，共同塑造了其人生格局，也影响了都铎王朝乃至整个欧洲的历史走向。全诗强调了"人生如戏，平民最乐，日月如梭"的道理。

七律·无常

——读莎士比亚《李尔王》

五重悲剧①一篇书，屠戮连环似杀猪。

肯特②忠贞今古少，德蒙③奸恶世间无。

甜言遗祸藏离乱，直语存福生宴如④。

落难方知民疾苦，君王李尔拜玄庐⑤。

——2019 年 9 月 21 日，深圳

注释：

①五重悲剧：是指剧本中父女、父子、姐妹、兄弟、情人之间的相互欺骗和杀戮。

②肯特：李尔王的侍臣肯特伯爵忠实憨厚，敢于直言劝谏、大声疾呼，被李尔王驱逐出国境。

③德蒙：爱德蒙，葛罗斯特伯爵的庶子，背叛父亲、加害兄弟、勾结恶势力，周旋于李尔王的大女儿和二女儿之间，妄图窃取整个国家，最后被哥哥爱德伽杀死。

④宴如：安然、太平、祥和的意思。

⑤玄庐：墓的别名。

【闲评】

这是一部刻画不列颠国王李尔的悲剧。在这部剧作中，为了争得权力、地位和财产，亲人之间不惜采取各种恶劣的手段，奉承、欺骗、离

间、中伤、诬陷、谋害，导致原本相亲相爱的人互相疏远，朋友变为陌路，兄弟反目成仇；城市暴动，国家内乱，宫廷逆谋，父不父，子不子，伦常纲纪完全毁灭。最后，李尔王在生命最黑暗的时刻获得了对生命最透彻的顿悟，才深深地知道原来民间有如此多的疾苦。一层又一层的悲剧在读者的心中产生了极其强烈的震撼。沙剧的魅力在于它的复杂：世界从不纯粹，人与人的交往也绝不单纯。

七律·性格的悲剧

——读莎士比亚《科里奥兰纳斯》①

立地顶天生性狂，不弯宁断恨绵长。

战神英勇征强敌，蝇狗阴谋害俊良。

皎皎易污身体秽，尧尧②易折栋梁殃。

千军祭出慈颜泪，叹罢魂分归异乡。

——2019 年 9 月 24 日，深圳

注释：

①科利奥兰纳斯：是公元前 5 世纪古罗马的传奇将军，因战功卓著，在攻占伏尔斯人的科利奥利城之后荣膺"科里奥兰纳斯"之封号。

②尧尧：至高貌，指科里奥兰纳斯骄傲自大、高高在上的样子。

【闲评】

性格决定命运。罗马共和国的英雄马歇尔（科里奥兰纳斯）一生为荣誉而战，为荣誉而死，是真正的英雄。然而，他刚直的性格以及对人民太过轻蔑傲慢的态度，使他终失民心，落得个众叛亲离的下场。事实再一次证明：再伟大的人如果刚愎自用，听不进良言，也只能以悲剧收场。

七律·不义的战争

——读莎士比亚《特洛伊罗斯与克瑞西达》

红颜祸水起脏尘，特洛战争①残国民。

抢得海伦千妇厌，换回克瑞②万男亲。

经年鏖战魂和魄，长久纷难鬼与神。

但使君王常警醒，何来百姓泪沾巾。

——2019 年 10 月 14 日，深圳

注释：

①特洛战争：关于特洛伊战争的起因，史书上通常说是特洛伊王子帕里斯抢走了斯巴达王墨涅拉俄斯的王妃海伦，才引发了希腊人的围城战。

②克瑞：克瑞西达，特洛伊牧师卡尔卡斯的女儿，特洛伊王子特洛伊罗斯的恋人。后来，她作为交换战俘被送到希腊军营，希腊军官们纷纷对其大献殷勤，最终负心，做了敌军的情妇。

【闲评】

这是一场为了争夺女人而引发的不义战争，也是莎士比亚创作的悲剧之一，参照荷马史诗《伊利亚特》并结合中世纪传奇编写而成。作品讲述了两个故事：一是古代史上有名的特洛伊战争；二是在特洛伊战争背景下展开的特洛伊罗斯和克瑞西达的爱情故事。当战争与爱情交织在一起时，后者毫无疑问地成了前者的炮灰和政治的附庸。作品深刻地说明了没有民族大义、没有正义的战争，都是祸国殃民的。

七律·生存与毁灭

——读莎士比亚《哈姆雷特》之一

君王①被杀早成仙，兄弟②夺妻国变天。

哈姆复仇清③祸水，奥菲④避耻化甘泉。

生存常痛存阴影，毁灭长眠显丽颜。

仗剑如狂何所惧，英姿永塑在人间。

——2019 年 10 月 27 日，深圳

注释：

①君王：哈姆雷特的父亲。

②兄弟：克劳狄斯，哈姆雷特的叔叔，杀了哈姆雷特的父亲，篡取了王位，并娶了哈姆雷特的母亲。

③清：清理，复仇。

④奥菲：奥菲利娅，御前大臣波洛涅斯的女儿，哈姆雷特的恋人。她与哈姆雷特双双陷入爱河，但政治地位使他们无法结合。作为哈姆雷特疯狂复仇计划的一部分，她被无情抛弃，极大的羞耻感最终使她落水溺毙。

【闲评】

我们常说"一千个读者，就有一千个哈姆雷特"。人性的弱点和人类的生存困境，使得"重度拖延症患者"哈姆雷特一次次错过为父报仇的机会，最终导致他在杀死叔父的同时也被杀的悲剧。是生存常痛，还是毁灭长眠？这是哈姆雷特一直纠结的问题，也是每个人思考的问题。

七律·灵肉与道义

——读莎士比亚《哈姆雷特》之二

文艺复兴大变迁，批评封建立人权。

文明思想花开放，个性心灵蕾竞妍。

混乱无伦成陷阱，邪淫逆道是深渊。

从来贪欲需传戒，无度自由悔恨绵。

——2019 年 10 月 27 日，深圳

【闲评】

　　没有法纪约束的过度自由必然会走向反面，直至灭亡。从文艺复兴开始到启蒙运动，西方步入了现代进程。这场运动本质上反映的是新兴资产阶级的思想感情和生活理想，强调个性自由与解放。此后，西方世界从中世纪的禁欲、神权中走出来，开始释放人的欲望，弘扬人的存在，到了后期，欲望泛滥成灾，人们开始进行反思：面对这样一个热情而又混乱的时代，作为个体的生命该何去何从？《哈姆雷特》正是对这个充满混乱的社会的深刻思考和审视。

七律·巫言与野心

——读莎士比亚《麦克白》

巫者①之言如圣音，朦胧入梦幻中寻。

夫人②狠毒成推手，克白③凶残赛恶禽。

阴暗心灵谋大国，昭然欲望灭同襟④。

森林移动门楣绝⑤，笔法千秋戏似针。

——2019 年 10 月 31 日，深圳

注释：

①巫者：巫师。苏格兰国王邓肯的表弟麦克白将军，为国王平叛和抵御入侵立功归来，路上遇到三个女巫。女巫对他说了一些预言和隐语，说他将晋爵为王，因他并无子嗣，最终同僚班柯将军的后代将称王。

②夫人：麦克白的夫人。麦克白在给夫人的信中谈到女巫预言的事。这激发了她的野心，决定不惜一切代价扶助丈夫登上王位。一次，国王在麦克白的城堡过夜，麦克白夫人怂恿丈夫杀死了国王。

③克白：麦克白。

④同襟：麦克白将军是国王邓肯的表弟。

⑤森林移动门楣绝：女巫曾预言，只有在勃南森林向麦克白移动时，麦克白才会落败。麦克白认为森林永远不会移动，因此自己是天选国王，没人能战胜自己。然而，森林最终移动了，麦克白也就灭亡了。

【闲评】

　　欲望无限膨胀和畸形发展，必然使人走入罪恶，迟早要遭遇毁灭。《麦克白》讲述了利欲熏心的国王和王后对权力的贪婪，并最终被推翻的过程，是莎士比亚创作后期的一部悲剧，取材于贺林谢德的《编年史》。麦克白是 11 世纪苏格兰的一位贵族和名将，由于受到野心的驱使和女巫预言的煽动，将国王邓肯谋杀。篡位之后，麦克白受到恐惧和疑虑的折磨，但为保住王位，他实行暴政，滥杀无辜，成为疯狂残忍的暴君，最后被邓肯之子马尔康率领的讨伐之军消灭。

七律·猜妒与悲悔

——读莎士比亚《奥瑟罗》

伊古①奸邪超一流，癫狂顽固使人忧。

苔丝②高贵金镶玉，奥瑟③精英钻嵌舟。

嫉妒猜疑如毒药，专情狠愎似凶囚。

前程锦绣谣言毁，错爱招来万载愁。

——2019 年 11 月 10 日，深圳

注释：

①伊古：伊阿古，男主人公奥瑟罗将军手下的一名旗官，阴险狡诈，悲剧的始作俑者。

②苔丝：女主人公苔丝狄蒙娜，贵族元老的女儿。

③奥瑟：奥瑟罗，威尼斯公国的勇将。

【闲评】

一个人出身卑微不可怕，可怕的是灵魂卑微。《奥瑟罗》讲述了人性弱点造成的爱情悲剧，它包含了很多主题，异族通婚、爱情与嫉妒、忠贞与背叛、计谋与狡诈……爱情在猜疑和妒忌下，不堪一击。

七律·塔坤^①怨

——读莎士比亚《鲁克丽丝受辱记》

吾生毕竟在皇庭，王梦天威化作零。

一失足成千古恨，强开炮受万人轻。

挥刀舞剑丽丝辱，鹤唳风声塔帅惊。

罗马还尊朱庇特^②，常年涓滴土如萍^③。

——2019 年 12 月 14 日，深圳

注释：

①塔坤：《鲁克丽丝受辱记》的主人公，罗马王政时代的最后一个国王。他在谋杀岳父、篡取王位后，暴虐无道，民怨沸腾。公元前 509 年，他奸污鲁克丽丝，导致鲁克丽丝自杀，从而激起公愤，他和他的家族被放逐，王朝被推翻，罗马共和国遂告成立。

②朱庇特：即乔武，罗马人崇奉的最高天神。

③土如萍：喻人心不可辱，水滴石穿的道理。

【闲评】

诗中的"一失足"和"强开炮"都是后人要引以为戒的。

附录：步虚词·循环

——读莎士比亚《泰特斯·安德洛尼克斯》

泰特①艾伦②王使，

悲催各有哀辞。

惊心人肉众宾痴③，

冤报循环不止。

性命犹如薄纸，

花开花谢随时。

苍天常用善心师，④

总管凡尘生死。

——2019 年 11 月 3 日，深圳

注释：

①泰特：泰特斯，征讨哥特人的罗马大将，俘虏了哥特人的皇后塔莫拉和她的三个儿子，并杀死了她的大儿子以祭奠其在战场阵亡的儿子。

②艾伦：被俘虏的哥特人皇后塔莫拉的嬖（bì）奴。

③痴：吓呆了。泰特斯为了复仇，把塔莫拉的两个儿子杀死，把骨头磨成粉，再用鲜血调和做成面饼，宴会上拿给塔莫拉吃。

④天地之间自有正道，掌管人间生死的是有正义感的神仙。

【闲评】

　　《泰特斯·安德洛尼克斯》是莎士比亚创作的一部悲剧。该剧讲述了名门闺秀拉维妮娅遭到令人发指的摧残，其父泰特斯以牙还牙，于是便有了令人同样心惊的人肉宴。这部复仇剧讲述了一个道理：苍天对于人间的罪恶并不是不闻不问。其实，命运才是最大的悲剧，每个人都无法左右自己的命运，无不是被复仇女神牵着走向充满痛苦的宿命。

第七章

古韵即兴

即兴诗，虽是即兴而作，却并不是随心所欲，而是在古诗格式和韵律的基础是，有所改进和突破、创新和发展。它是直抒胸臆的表达，也具有一定的趣味性。

第一节　即兴排律诗

排律诗·西安城墙①骑单车

春光明媚古帝京，

祖孙三代骑车行。

古城墙上骑车观花秀体健，

芙蓉园②里结伴赏景显年轻。

舒一舒老筋骨，

胸宽闹市宁。

抖一抖少年神，

心仁子孙兴。

十朝帝都风景美如画，

百世王风歌声如凤鸣。

上坡惬挥汗，

下阶阵风清。

女儿说西面有微雨，

孙子喊东边太阳晴。

楼门穿梭过，腿脚还算灵。

转角路盘旋，择径准而精。

眼看到渭水波光齐潋滟，

耳听见碑林钟鼓共和声。

人车紧贴，樱花相迎。

相逢开口笑，挥手爽心情。

想飞就飞，要停即停。

身随车动遵规则，

体跟轮转按章行。

努力争先围着古城转一圈，

到达终点累弯腰背汗晶莹。

健步登楼望，

晚霞挂红缨。

大千世界风调雨顺皆美好，

伟大祖国青春常驻日月明。

微风中些许黄叶追随花瓣轻飘下，

春日里芬芳之躯化成沃泥与园丁。

——2018 年 4 月 1 日，西安

注释：

①西安城墙：西安城墙是 5A 级旅游景区。广义的西安城墙包括西安唐城墙和西安明城墙，但一般特指狭义上的西安明城墙。明城墙位于陕西省西安市中心区，墙高 12 米，顶宽 12—14 米，底宽 15—18 米，轮廓呈封闭的长方形，周长 13.74 千米。人们习惯称城墙内为"古城区"，面积 11.32 平方千米，著名的西安钟鼓楼就位于该区中心。

②芙蓉园：西安著名景点大唐芙蓉园，这里代指西安古城。

【闲评】

　　好一派富贵繁华的景象！慢慢读来，西安街头的美丽、钟楼鼓楼的韵味、古城墙的壮观、春光明媚的意境、来往人流的友好和谐，无不跃然于纸上。骑行者的喜悦来自对亲情的欣慰满足、对时代社会进步的赞颂、对祖国未来发展的信心。

排律诗·两黑^①之间

今早坐车如飞，德里纳河追随。

萨窝奔向黑山，路险峭陡壁危。

宝贝谷岭深藏，不怕道转弯回。

大巴昂扬前进，头上雪山低垂。

问君有何想法，黑山古迹生辉。

靓仔靓女热情，亲送玫瑰回归。

披荆斩棘前进，何惧风雨狂追。

六个钟头颠簸，欣赏美景不累。

胜利到达彼处，老头老太^②生威。

——2019 年 5 月 25 日，黑山共和国尼克希奇

注释：

①两黑：波黑共和国与黑山共和国。

②老头老太：指诗人和众多老年团友。

【闲评】

从萨拉热窝到黑山共和国要乘坐大巴沿着德里纳河（欧洲东南部巴尔干中部河流，由塔拉河和皮瓦河汇合而成，全长 346 公里，向北注入萨瓦河，构成波斯尼亚—黑塞哥维那与塞尔维亚界河）前进。路途遥远，道路艰险，但与沿途的绝美风景相比，所有劳累都不值一提。

排律诗·戏说伦敦的城市包容性

白人黑人都是人，不分种族个个神。

白鸟灰鸟都是鸟，自愿飞来入红尘。

白鹅金鹅都是鹅，一夫一妻爱得真。①

白狗黄狗都是狗，不分贫富情谊深。

白花红花都是花，万千门口呈缤纷。②

白云乌云都是云，遨游天穹耀星辰。

白酒红酒都是酒，醉步天涯大口闷。

白水绿水都是水，清洁直饮爽心身。

白车朱车都是车，奇形怪状任折腾。

白屋粉屋都是屋，端庄大方如士绅。

白树棕树都是树，土壤肥沃扎稳根。

白天黑夜警笛响③，和平共处万物珍。

——2018 年 8 月 30 日晚，伦敦

注释：

①一夫一妻：据说，鹅也是一夫一妻的，如果配偶死了，剩下的那只绝对不和别的同类交配。

②万千门口呈缤纷：伦敦人不管贫穷富贵，几乎家家户户门口都摆着鲜花。

③白天黑夜警笛鸣：伦敦市区不管白天黑夜都可以听到警车刺耳的叫声，市民对警笛声早就习以为常。

【闲评】

伦敦是英国的首都，是世界性的经济、金融中心，是多元化的大都市，是一个种族、宗教与文化的大熔炉。据说此处使用的语言超过 300 种，各种族、各肤色、各宗教、各语种、各习俗、各阶层、各国度的人士在这里和谐相处，实属罕见。诗人用一首嬉戏式的诗刻画了伦敦万象，具有一定的趣味性和可读性。

松立高山鹰自傲
风吹松鸣听鹰啸

癸子年木□

第二节 即兴贺新婚

七律·示儿

身如红树镇滩沱，护岸防风韧性多。

春夏秋冬同雅颂，清贫富贵共笙歌。

祖宗撑渡斗风浪，后代坐船游爱河。

林府迎亲逢盛世，良缘美善胜瑶珂①。

——2017 年 3 月 24 日，深圳

注释：

①珂：美玉。

【闲评】

在儿子的婚礼上，作为父亲，对新人的爱与祝福都溢于言表。诗人赞美红树，也希望儿子能够像红树一样，具有善良和坚韧的品质、宽容和大度的胸怀。无论前路如何，愿一对新人都能克服困难，相依相伴，乘风破浪前进，共同创造美好的生活。

十四行诗·祝福词

火树上开满了晶莹漂亮的银花，

逢盛世罗麦①两家喜联婚显荣华。

老夫我喜颠颠出席来当舅公太②，

老姐她乐盈盈安居荣做太阿嫲③。

亲人们齐畅饮高声欢呼同祝贺，

外孙女孙女婿琴瑟和谐人人夸。

贺新郎迎新娘吉宅张灯满门喜，

庆新婚纳百福善滕良苗结金瓜。④

——2017 年 10 月 22 日，

参加老姐外孙女小祺婚礼的祝词

注释：

①罗、麦：分别是外孙女夫妻之姓氏。

②舅公太、即太舅公、

③太阿嫲：即太婆婆。

④这是诗人写的第一首十四行诗。这种诗体莎士比亚驾轻就熟，写了很多流传千古的十四行诗，诗人学习写作也是一种有益的尝试。

【闲评】

家宅内外，张灯结彩；全家上下，喜笑颜开；祝福新人和睦恩爱、早生贵子、散叶开枝。

七律·赠浩娟①

文坛新秀品非凡，娟妙生成自小端。

是必艰辛多历练，珂然快乐展容颜。

文思捷敏夺贤冠，浩瑞飘扬雅韵旋。

珍爱当前纯丽景，藏书似宝万年安。

——2019年3月30日，侄女喜宴上

注释：

①浩娟：从一对新人名字中各取一字。

【闲评】

这是一首藏头诗，人名藏在诗中。诗人的侄女自小家庭条件较艰苦，但她奋发上进，终成人才，如今又觅得佳偶，喜结良缘，阖家上下无不欣慰，望一对新人相亲相爱、平安幸福。

祝酒词·齐祝福

鹏城冬暖艳阳天，亲友欢聚情意绵。

好合百年齐祝福，小康①今日结良缘。

——2019 年 12 月 30 日，深圳

注释：

①小康，诗人的侄子。

【闲评】

诗人希望一对新人珍惜眼前人，永远相爱，幸福快乐一辈子。

祝酒词·贺新婚

金秋十月好风光，五谷丰登粮满仓。

小博小言①连理俏，开枝散叶创辉煌。

——2020 年 10 月 20 日，

在外甥小博新婚喜宴上的祝词

注释：

①小博小言：新人的名字。

【闲评】

诗人希望一对新人像大树一样开枝散叶，前途美好，生活幸福。

作为长者，诗人近几年参加年轻人的新婚喜宴时，都会给予晚辈美好的祝愿，希望他们在未来漫长的人生旅程中，相亲相爱，贫贱不移，共同创造幸福的人生，也希望这些祝福对年轻人起到良好的鼓励作用。

第三节　即兴七言诗

七律·大熊猫

混沌初开浊浪飘，幸存竹海做天骄。

白头黑眼身清雅，搔首弄姿心痒骚。

世界和平当国宝，五洲战乱似刁毛。

轻声告诫儿孙辈，不学无为观赏猫。

——2018 年 4 月 3 日，四川成都

【闲评】

　　此诗是诗人与儿孙们一起参观成都大熊猫繁育研究基地时，现场而作。大熊猫被誉为"活化石"和"中国国宝"，属国家一级保护动物，因憨萌可爱而深受大家喜爱。基地里的大熊猫，每天除去进食的时间，剩下的时间多半是在睡梦中度过。它们生活的环境里有充足的食物，没必要为生存奔波，一辈子循规蹈矩、依竹而生。诗人反复告诫儿孙，做人一定要努力，要上进，要奋斗，千万不能学习基地里的大熊猫。

七律·《沙家浜》感言

阳澄湖面荡清波，抗战英雄趣事多。

芦苇丛中歼日寇，小茶馆里斗妖魔。

刁贼奸诈污乡里，庆嫂忠贞净运河。

我辈至今常起兴，一说智斗就开锣^①。

——2018 年 5 月 24 日，江苏常熟沙家浜镇

注释：

①一说智斗就开锣：诗人那一代人对京剧《沙家浜》都耳熟能详，随时随地都能哼唱几句，对阿庆嫂和胡传魁、刁德一斗智一幕更是津津乐道。

【闲评】

沙家浜芦苇荡风景区为国家 5A 级景区，是全国爱国主义教育示范基地、全国百家红色旅游经典景区、华东地区最大的生态湿地之一。景区占地 6000 多亩，拥有独特的历史人文和自然生态资源，已形成革命传统教育区、红色民俗文化村、国防教育园、军事训练基地、芦苇水陆迷宫、横泾老街影视基地、沙家浜湿地公园、横泾剧场、美食购物区等功能区域。

七律·宁德行

赞扬宁德好风光，伟岸雏形四面芳。

太姥①柔肠泽大海，杨溪②热血启当阳。

鸳鸯③谷底千层瀑，白水洋④中万顷洋。

梦绕魂牵蕉镇美，神州渐变幸福乡。

——2019 年 6 月 23 日，福建省宁德市

注释：

①太姥：宁德太姥（mǔ）山。

②杨溪：宁德市霞浦县杨家溪。

③鸳鸯：宁德市屏南县双溪镇鸳鸯溪。

④白水洋：白水洋风景区，位于宁德市西部屏南县境。该景区是目前世界唯一的"浅水广场"，被誉为"天下绝景，宇宙之谜"。河床布水均匀，净无沙砾，人行其上，水仅没踝，阳光下波光潋滟，一片白炽，因而得名"白水洋"。

【闲评】

宁德，别名闽东、蕉城，属亚热带海洋性季风气候，水系发达，河流密布，是中国东南沿海休闲度假和生态旅游的胜地，景点有白水洋、太姥山、鸳鸯溪等。海上风景以石奇、礁美、滩佳、洞幽、岛绿为特点；内陆拥有国家级森林公园 2 个、省级森林公园 4 个、国家级湿地公园 1 个、省级自然保护区 2 个、市级自然保护区 9 个，是一个旅游参观的好去处。

七律·赞胡杨林

十月金秋大漠凉，十年圆梦赏胡杨。

十全倒影琼枝美①，十面包围铁骨强。

十年修行天作伴，十重考验地为娘。

十分痴爱鸣琴曲②，十里绵延蛟浪长。

——2019 年 10 月 6 日，内蒙古额济纳旗

注释：

①琼枝：胡杨在河水中的倒影像琼枝一般美。

②鸣琴：黄沙吹胡杨，声音像琴声一样美妙。

【闲评】

　　该诗全部以"十"字开头，道尽了胡杨林的万千景象。不见胡杨，不知林景之壮阔；不识胡杨，不知生命之辉煌。人们夸赞胡杨顽强的生命力是"三个一千年"，即一千年不死，死后一千年不倒，倒后一千年不朽。

七律·碧血千秋

当年十万远征军^①，抗日丰功百代存。

同古^②扬威倭寇惧，仁安^③大捷帅兵神。

野人山上堆忠骨，怒谷江边遍国魂。

入缅方知兄弟爱，腾冲光复^③转乾坤。

——2019 年 12 月 3 日，云南腾冲国殇墓园

注释：

①远征军：中国远征军是中国抗日战争时期一支重要的境外作战部队，远赴缅甸战场，为抗日战争胜利做出了巨大贡献。

②同古：同古是缅甸南部平原上的一座小型城市。这里指 1940 年的同古保卫战。

③仁安：仁安羌大捷，又称"仁安羌之战"，是第二次世界大战期间发生在缅甸战役中的一场战斗，是缅甸战役的一部分。

【闲评】

"人民若有记忆，记得亲，记得痛；国家若有记忆，识来路，知归途。"每一个人都应该铭记这段历史，铭记长眠于此的将士。

七律·和顺村

和风丽日艳阳天，顺水河流绕沃田。

乡有总兵①威百世，镇藏书宝②旺千年。

佛爷③御赐成佳话，朱总题词启续篇。

闪耀人间奇哲学④，光辉魅力胜甘泉。

——2019 年 12 月 5 日，云南腾冲和顺古镇

注释：

①总兵：指清光绪年间腾越镇总兵张松林，以军功累升至记名提督。

②镇藏书宝：和顺图书馆，前身是清末和顺同盟会员寸馥清组织的"咸新社"和 1924 年成立的"阅书报社"，后经海外华侨和乡人捐资赠书，于 1928 年扩建为图书馆，1938 年新馆舍落成。迄今有藏书 7 万多册，古籍、珍本 1 万多册，内有胡适、熊庆来、廖承志、李石曾等诸多文化大家的题字。

③佛爷：老佛爷，指慈禧太后。

④奇哲学：和顺古镇有艾思奇故居。艾思奇原名李生萱，云南腾冲人，蒙古族。艾思奇是中国著名的理性主义哲学家、教育家和革命家。

　　这是一首藏头诗：和顺乡镇，佛朱（珠）闪光。和顺曾被评为"全国魅力乡镇"第一名，确实名不虚传。"远山茫苍苍，近水河悠扬，万家坡坨下，绝胜小苏杭。"和顺是一座始建于明朝的古镇，它的最大特点就是原汁原味保存了完整的历史建筑风貌。

七律·赠高考学子

人生难搏几春秋，不破楼兰誓不休①。

暴雨狂风非借口，偏题逆境岂因由？

十年熬夜无人识，一举成名壮志酬。

君要尽倾吃奶力，成功失败自风流。

——2018 年 6 月 7 日，深圳

注释：

①不破楼兰誓不休：借用唐代诗人王昌龄的《从军行》中"不破楼兰终不还"一句，鼓励考生一定要攻克难题难关。

【闲评】

"男儿若遂平生志，六经勤向窗前读。"6 月 7 日是一年一度的高考日。诗人在上班路上看见众多考生冒雨参加考试，有感而作此诗来劝勉考生，全力发挥所学，考出好成绩，不辜负祖国、老师和家长的期望，也努力实现自己的人生抱负。

七律·轨迹

别梦依稀岁月虚，江湖水碧映身躯。

遗传密码①藏清逸，肝胆昭然岂献谀。

康健奔腾如猛虎，遭灾流堵变残驴②。

贤能总盼书传世，老汉作诗求自娱。

——2018 年 10 月 29 日，深圳

注释：

①遗传密码：借指天性、秉性。

②残驴：这一句主要是说，人无千日好，花无百日红。人生遇到逆境顺境是自然的，无须耿耿于怀。

【闲评】

回望这一生，少年时意气风发，追寻正义真理；暮年时病染残躯，聊以诗词自慰。放棹于大江之上，浪迹于山水之间，渐不为人识，而自得其乐。

七律·抗毒魔

腊月寒冬暗涌多，硝烟弥漫遍山河。

新型病毒凶如虎，冠状花环①险似魔。

赤县阳光亲大地，神州正气众华佗。

人民十亿齐除疫，春暖花开奏凯歌。

——2020 年 1 月 29 日，深圳

注释：

①冠状花环：指新型冠状病毒。

【闲评】

突如其来的疫情袭击下，中国人民面临了极大的挑战。在党和国家统一部署下，全国人民总动员齐心抗疫。以钟南山、张伯礼、张定宇、陈薇为代表的中华儿女有智有勇，为抗疫做出了巨大的贡献。诗人亲身经历了本地抗疫过程，并相信中国人民一定能够取得最后胜利。

七律·茶语话童真

岁月如歌茶道娴，诗加普洱话无边。

梅兰结伴登山顶，竹菊相陪上岭巅。

双木成亲林遍地，五洲失偶水连天。

童心不改年华美，稚趣依然乐似仙。

——2020 年 8 月 22 日，深圳

【闲评】

　　岁月如歌，煮茶论道，在悠闲自得中，品味各种事情，小到鸡毛蒜皮，大到天文地理，一切平凡往事尽在不言中，快哉乐哉！

七律·赏陈雷激①古琴演奏会

蛇口轮圆赏古琴，贝多芬曲韵深沉。

高山流水伯牙至，挨紧浮萍②挚友寻。

少女死神③维纳调，平沙落雁④宋清吟。

劝君更尽一杯酒，鸭仔听雷⑤喜妙音。

——2020 年 12 月 29 日，深圳

注释：

①陈雷激：古琴家，出身上海音乐世家，大学毕业后旅居法国，现任中国音乐学院附中青年民族乐团首席指挥。

②③④《高山流水》《挨着浮萍》《少女与死神》《平沙落雁》《劝君更尽一杯酒》，都是当晚演奏的乐曲名。

⑤鸭仔听雷：是一句闽南俗语。鸭子听雷——听了也不动（懂），比喻不是业内人士，听起来似懂非懂。

【闲评】

远在英国的女儿给父母订了音乐会的门票，老人乐得眉飞色舞，一方面是因为这场音乐会确实很难得，另一方面是感受到了女儿的牵挂之情。当晚就写了这首诗，描述听音乐会的盛况和当时的喜悦之情。

第四节　即兴贺中秋（七绝 9 首）

（一）思念

【兄唱】又到中秋爱意浓，心思万里寄清风。

东台独倚赏明月，犹觉儿孙在室中。

【弟和】推窗凝望绿还浓，八月东南沐惠风。

我想今宵圆满月，随风遥寄列颠东。

【友和】好诗好语更情浓，兄弟同心吹暖风。

今日中华同赏月，汉唐盛世五卅东。

（二）联想

【兄唱】八月中秋秋渐浓，倚窗独望望西风。

酉时轻雾雾遮月，戌刻婵娟遍远东。

【弟和】柿红橘绿饼香浓，万水千山和煦风。

此刻心中升皓月，光辉南北与西东。

【友和】中华大地颂歌浓，驱去阴霾吹爽风。

西北东南同赏月，婵娟万里照西东。

（三）期望

【兄唱】宫阙微寒清气浓，人间烟火近南风。

嫦娥弃舞别秋月，玉兔消愁醉殿东。

【弟和】秋色旋宫秋意浓，秋容姣好傲春风。

人间七巧私奔月，织女在西郎在东。

【合唱】中华崛起更情浓，五岭三山吹劲风。

欣喜今天逢盛世，双星团聚圣河东。

——2018 年 9 月 24 日，中秋节晚上，深圳

【闲评】

这是典型的即兴唱和诗。2018 年中秋节，诗人倚窗赏月时，因思念远在英国的儿孙，即兴写了一首诗，并发在微信上，立即引起了兄弟与好友的同感和附和，在微信上开展了一场别开生面的对诗，共同庆贺中秋佳节。唱和中，既倾诉了思乡的心情，也表达了对祖国和生活的热爱，希望神州大地百姓安居乐业，祖国越来越强盛，广大人民群众千里共婵娟。

第八章

自由芳芬

这一章是通过自由诗来表达感情和境意。所谓自由诗是无字数、行数及其他特别规定的诗，但也不是杂乱无章的语言拼凑。自由诗更注重诗句的内在联系和逻辑关系，追求的是心中自然感情的坦露。一般来说要自己确定音韵。同时它还特别强调"有机形式"，即有较为缜密的构思，依靠语言的自身特点，把握诗意的自然节奏。

第一节　赞古城名胜

（一）赞克罗地亚古城

杜布罗尼①人气旺，轻步走，慢慢看。

大街古，小巷怪，千年古堡真震撼。

城墙高，厚六米，两公里长环城转。

碉堡雄，要塞壮，为览胜景听召唤。

背累弯，脚酸痛，气喘吁吁全身汗。

人挤人，皆友好，满城风情全街逛。

团友老，小偷多，偷钱还证不点赞！

新景弱②，旧景伟，波黑战争③添的乱。

导游专，商业全，游客到此皆走散。

一边走，一边笑，上城下墙到处窜。

告朋友，此景好，来此观景最璀璨。

出点钱，用些力，两人结伴就敢干。

坐飞机，行万里，来到这里变浪漫。

走就走，谁怕谁，我等大家来夺冠。

举起杯，来祝福，等不到你不能算。

——2019 年 5 月 23 日，克罗地亚

注释：

①杜布罗尼：杜布罗夫尼克，克罗地亚共和国东南部港口城市，是该国的旅游中心和疗养旅游胜地，亦是世界文化遗产城市。

②新景弱：新建的景点人气不旺。

③波黑战争：波黑战争是第二次世界大战后在欧洲爆发的规模最大的一次局部战争。

【闲评】

杜布罗夫尼克是克罗地亚东南部的港口城市，位于风景绮丽、气候宜人的达尔马提亚海岸南部石灰岩半岛上，依山傍海，林木茂盛，具有中世纪古城的风貌，是该国最大的旅游中心和疗养胜地，被誉为"亚得里亚海明珠""城市博物馆"。城区分为旧城和新城两部分，旧城至今仍保存着 14—16 世纪所建的城堡，分别体现了罗马式、哥特式、文艺复兴式和巴洛克式等建筑风格。英国著名的剧作家萧伯纳曾评价杜布罗夫尼克："如果你在去世之前好奇心发作，想要看看天堂到底是什么样子，那么就去杜布罗夫尼克，天堂和它一模一样！"

（二）赞希腊神话

（1）天地之初

尊贵的神祇们啊，法力无边，

他们先后创造了地和天。

你看那，海面上扬起了浪花，

水里的鱼儿追逐在浪湾。

你看那，天上有各种各样的云彩，

小鸟在轻飞，雄鹰踩云烟。

还有那各种各样的动物和植物，

遍布各处的平地和山峦。

然而这世间缺欠高级动物来主宰，

缺欠了高级的生命和出众的圣贤。

（2）神祇造人

普罗米修斯来到了天地之间，

他是神的后裔，与雅典娜并驾齐肩。

他们聪明、灵慧、先知先觉，

晓得天神将人的种子蕴藏在大地平川。

只要将泥团捏成人形，

创造出来的人类就能世代相传。

普罗米修斯还将善恶两种性格，

封闭进了人类的心田。

雅典娜智慧地参与创造，

决心把造人这件大事来成全。

她对着泥人吹气注灵魂，

自此人类有了灵魂身体和容颜。

（3）学习智慧

第一批人就这样被创造出来了，

但他们四肢发达、头脑简单。

他们遍布全球，到处闲游，

既没有忠诚，也没有狡奸。

他们穴居在不见阳光的黑洞里，

不见天日，夏热冬寒。

这时普罗米修斯教会了他们一切：

观察日月，织布耕田。

教会他们文字和熟食，

医药和航船……

人类的性命健全了，

他们快乐地生活，随遇而安。

大地山川由他们主宰，

人类万分感激，无限喜欢。

（4）宙斯统治

这时宙斯确立了天上的统治，

他无所不能，法力无边。

他关注和保护人类的成长，

但要人类绝对俯首听宣。

神祇们为此争论开了，

普罗米修斯坚决主张神祇们不要特权。

既要好好地保护人类，

但不能把他们推向黑暗的深渊。

宙斯不听劝告住进了奥林匹斯山，

他好色、乱来、不肯接纳忠言，

这像是在诉说主神的式微，

也是在诉说他神奇的力量将被击穿。

（5）盗天火延人类

普罗米修斯反对神祇们对人类有无限特权，

宙斯等开始生气而向人类发难。

他们决定从此不让人类用天火，

人类没有天火将长期黑暗生活辛艰。

人类的英雄普罗米修斯啊，

他勇敢正义智慧，

面对太阳车，将茴香秆点燃。

他身材魁梧，拿着火种，从天而降，

把闪烁的火种递到了人类面前。

一堆二堆……千堆万堆火点燃了，

熊熊烈焰，火光冲天。

自此，人类有了明火，

日出而作，日落而眠。

一代又一代地生生不息，

开启人类社会万代幸福泉。

　　　　——2019 年 6 月 5 日，希腊卡兰巴卡酒店

【闲评】

　　这组诗根据希腊神话创作，诉说了天神造人和传播天火的全过程。希腊神话源于古老的爱琴文明，和中国商周文明略有相像之处。它是西方文明的始祖，具有卓越的天性和不凡的想象力。原始时代，人们对自然现象和生老病死都感到神秘和难解，于是不断幻想、不断沉思。在他们的想象中，宇宙万物都拥有生命。他们崇拜英雄豪杰，因而产生了许多人神交织的英雄故事。这些众人所创造的有关人、神、物的故事，经由时间的淬炼，后被统称为"希腊神话"。希腊神话的魅力就在于神依然有命运，依然会为情所困，为自己的利益做坏事。神与人的区别仅仅在于前者永生，没有亡期；后者生命有限，要面对生老病死。希腊神话中的神个性鲜明，不受禁欲主义限制，也很少带有神秘主义色彩。

（三）赞青海湖

雪山下的白云低垂，

格桑花儿有点憔悴。

她们伴着青海湖轻漂的浪花，

向我们诉说着心扉，

这湖水里饱含着仓央嘉措的眼泪。

高原的海波澜轻微，

缘来花开缘去花落都是美。

是神奇的力量感召我们再来大西北，

虽然我们很快把家归，

但是今生今世我们已走过千山万水。

有梦的人容易入睡，

没梦的人多愁善感的心容易碎。

那就请喝一壶酥油茶吧，

让香气一直透入骨髓，

失眠的人们将倚着湖边安然入睡。

拄杖的公婆们还有余威，

奋发前进中分不清谁与谁。

若是还能相逢于隔世，

我们将再来此地共举杯，

庆祝我们又是英姿挺拔的青年俊伟。

——2019年10月8日，青海湖边西南大酒店

【闲评】

几位老当益壮的游客贪恋这"仙海"的碧波浩渺、雄奇壮美，为了亲近它，不辞劳苦。于青海湖畔远眺，苍翠的远山合围环抱；碧澄的湖水波光潋滟；葱绿的草滩羊群似云。一望无际的湖面上，碧波连天，雪山倒映，鱼群欢跃，万鸟翱翔。湖岸的茫茫草原绿茵如毯；牧民的帐篷星罗棋布；成群的牛羊飘动如云。日出日落的迷人景色更充满着诗情画意，使人心旷神怡。众人约定如果有来生，再到青海湖边相聚。

第二节　赞新的时代

（一）欢庆双节

白天迎国庆，

晚上庆中秋，

双节的简称是中国，

五十六个民族齐心协力铸金瓯①。

伟大的梦想一定会实现，

满载梦想的是一艘全速前进的飞舟。

国庆的太阳照亮了海平面，

中秋的月亮泻银在水里头。

是谁创造了光照万年的明日月②？

宇宙的神奇力量孕育出万千星球。

是谁催生了瞰视世间的日月明③？

中华民族博大精深的智慧凝成了丽眸。

白天迎国庆，

晚上庆中秋，

中秋国庆简称是中国，

花好月圆的太平盛世岁月稠。

不怕米老鼠八面乱打洞，

何惧唐老鸭四处逆水游。

坐地日行八万里啊，

瞪着四眼怎能停止转地球。

秋风萧瑟毒霾散，

日出东方祥光耀九州。

任你风云多变幻，

神农氏的后代擅长软鞭打疯牛。

白天迎国庆，

晚上庆中秋，

今天家和国撞了个满怀，

家富国强乐悠悠。

阴暗的角落容易滋生新病毒，

勤锻炼强体魄就能防止生毒瘤。

生于忧患死于安乐永远要牢记，

严防那强权霸凌的毒剑来封喉。

要把威严眼光化利剑，

枕戈待旦才能泯恩仇。④

楼兰不破赤县儿女百战穿金甲，

民族复兴中华民族千年壮志酬。

——2020 年 10 月 1 日，深圳

注释:

①金瓯:金盆。《南史·朱异传》中载:"我国家犹若金瓯,无一伤缺。"后用"金瓯"比喻祖国完整的大好河山。

②明日月:指月亮等众多的星球。

③日月明:指像月亮那样明亮的眼睛。

④只有不怕战争,才能制止战争。

【闲评】

2020 年的中秋节和国庆节凑到了同一天。神州大地共同欢庆,一派国泰民安的祥和景象。虽然硝烟战火已经远去,也要居安思危,记住先辈们的丰功伟绩,记住新中国是这一天成立的,记住这一天是这片土地上的人民命运的转折。因此,我们在欢庆节日的同时,要时刻保持警惕,做好抗击外敌入侵的准备,才能确保国家的安全。

（二）合作才会赢

世上有利益和纷争，

也有真诚的朋友。

精彩与混乱呈眼前，

看你怎样去追求。

选择真诚相处吧，

把有害的酸雨化美酒。

无论地缘和肤色，

加强合作别比谁最牛。

面对新冠逞凶狂，

甩锅欺诈强权岂能得自救。

加强合作集智慧，

科学防治创一流。

别嫌这地球太渺小，

五洲四海都可以挥斥方遒。

建设人类利益人类健康共同体，

浩瀚宇宙无尽头。

——2021 年 1 月 1 日，深圳

【闲评】

世界文明的演进不是一个大国的独角戏，是千百种不同文化催生的结果。世界文明是一个有机整体，缺了哪一块都没有今天的辉煌，隔离哪一块都是历史虚无主义者别有用心的卑劣行径。每一个国家的文化都值得仰望和尊重，每一种文化形态都需要内省和外尊，互相理解是文化尊严得以保留的重要前提。因此，只有互相理解，互相尊重，加强合作，才能发展共赢。

第三节　新编『三字经』（100句）

（一）古典迎新春

青少年，很聪明，

认真记，静心听。

自宋代，王应麟，

毕生著，三字经。

论天文，论地理，

论人伦，论古铭①。

天地人，五千年，

世代传，永不停。

存精华，去糟粕，

民族宝，文库晶。

人之初，重熏陶，

从小读，益非轻。

学孔融，能让梨，

学岳飞，尽忠精。

学存瑞，真勇敢，

学雷锋，好螺钉。

学女排，战强敌，

学钟爷，国振兴。

中华文化要自信，

自小学习气充盈。

注释：

①古铭：古人传下来的座右铭。

（二）育德细耕耘

自幼年，怀大志，

迎红日，笑盈盈。

尊长辈，孝父母，

起步走，德先行。

心善良，分是非，

喜学习，重聆听。

讲科学，不迷信，

能量正，凤长鸣。

不骄傲，不虚荣，

稳根基，弃浮萍。

守纪律，懂规矩，

敬老师，敬群英。

爱人民，爱祖国，

讲奉献，不图名。

社会和，家庭睦，

各要点，务记清。

弘成绩，改错误，

心不正，等于零。

服务人民心中乐，

康庄大道方向明。

（三）从小博学深

进校堂，状态好，

聚精神，认真听。

学文科，要博览，

好文章，靠浸淫。

学理科，讲方法，

多思考，脑筋灵。

学体育，炼意志，

身体好，气充盈。

坐如钟，站如松，

走如风，练体型。

学音乐，陶情操，

阔胸怀，怡性情。

学劳动，亲大众，

多实践，手脚勤。

学俭朴，须谨记，

普天下，多穷丁。

学美术，增蕙质，

真与美，伴飞鹰。

德智体等齐发展，

缺乏一样都不行。

（四）崛起中华魂

骑单车，开汽车，

基本功，随身行。

驶轮船，开飞机，

游列国，增友情。

取彼长，补己短，

五维界，有杰灵。

登两极，探深海，

护环境，水清滢。

造潜艇，研重器，

卫国防，笛长鸣。

出地球，奔月球，

造火箭，登火星。

越太阳，跨银河，

傲宇宙，飞天庭。

穿黑洞，多宇宙，

智慧人，千万龄。

量子大，光速慢，

永探索，当尖兵。

民族复兴靠你们，

世界发展争头名。

（五）伟哉大乾坤

学做人，要诚恳，

学本领，要求精。

讲团结，乐相助，

不奸猾，莫相轻。

不贪功，不诿过，

不欺世，不盗名。

个人智，国家强，

包容大，聚光凝。

敢担当，常磨炼，

遇风浪，永不惊。

抗强权，护弱小，

扛大梁，斗狰狞。

全人类，共同体，

得实现，天下平。

长辈们，寄期望，

雨露足，禾苗青。

踏实地，向未来，

众山小，绝顶凌。

不负祖国的期盼，

感恩康健一定赢。

【闲评】

诗人长期协助青少年的教育工作，对青少年的心声和想法有一定的了解。青少年有自身的特点，他们的思维非常活跃，对世界的认识既是循序渐进的，也是跳跃式的。在振兴中华、传播历史文化的同时，应针对他们的爱好和特点，进行正确的引导，灌输正能量的价值观，让他们愿意听、愿意读、容易记，从小爱学习、爱劳动、爱父母、爱祖国，长大为建设祖国贡献力量。少年强则国强！这也是包括诗人在内的广大爱国热心人士的共同心声。